객지

황석영
소설

객지

문학동네

일러두기

1. 작품은 최초 발표본과 작품집 간행본을 기준으로 작가의 최종 확인을 거쳤다.
2. 표기는 현행 맞춤법을 따르는 것을 원칙으로 하되 발표본을 참조했다.

차례

1

다섯 채의 합숙소 왼편에 잇달아 지어진 서기실에는 사흘 동안 자물쇠가 채워져 있었다.

굳게 닫힌 창구 위에 작업조의 명단이 찢겨진 채 붙어 있고 인부들은 부엌 옆의 흙벽에 기대거나 문가 툇마루에 앉아서 저녁식사를 기다리고 있었다. 젊은 축들이 최십장의 아내에게 식사를 재촉하자 여자는 부엌문을 소리 나게 닫고 안에서 짜증을 부렸다.

"서기들이 오기 전엔 못 줘요."

인부들은 낮은 목소리로 얘기를 주고받았다.

"전표 남은 것 있나?"

"웬걸, 나두 다 썼네. 빚이 이천원일세. 일이 시작되기 전엔 더이상 식사를 안 주겠다는데."

"배부른 새끼들이 헐 지랄이 없었지."

장씨는 동료들에게서 등을 돌리고 언덕 아래편의 사무실 쪽을 바라보며 앉았다. 현장사무소의 기다란 바라크 건물 앞에 사람들이 모여 있는 게 보였다. 사람들은 오후 내내 거기 모여 있었는데 지금은 많이 줄어든 것 같다. 장씨는 밤색으로 물들인 야전잠바의 큼직한 포켓에서 비닐 주머니를 꺼냈다. 종이를 찢어 풍년초를 털어 담고 손끝으로 비비면서 말아갔다. 가죽같이 메마르고 딱딱한 손가락들이 떨려 자꾸만 흐트러졌다. 흔들리는 손가락들 사이로 종이와 담뱃가루가 흘러내렸다. 그는 떨어진 종잇조각을 집으려고 손을 뻗치다가 멈추고 만다. 그러고는 무뚝뚝한 표정으로 뒷전의 동료들 쪽을 두리번거렸다.

"대위, 손 좀 빌리세."

대위라고 불린 키 큰 사내가 다가왔다. 그의 어깨는 탄탄해 보이는 반면 등이 구부정해 보였다. 강파르고 야무지게 보이는 얼굴이다. 대위가 침을 듬뿍 발라 담배 두 대를 단단하게 말아냈다. 장씨는 그가 건네준 담배를 받아들고 자기 손을 쥐었다 폈다 해보며 말했다.

"이젠 틀렸어!"

대위도 담배에 불을 붙이고 자기의 커다란 손바닥을 천천히 들여다보았다. 그는 혀에 붙은 담뱃가루를 손끝으로 침착하게 하나하나 떼어냈다. 장씨는 담배를 태울 생각도 잊고 아직도 손가락을 움직여보고 있었다.

"한잔 걸치면 풀릴 텐데."

장씨가 중얼거렸다. 합숙소 아래로 황토가 드러난 언덕길과 모래, 개펄, 바다가 차례로 이어져 있었다. 서쪽 하늘 구석에 몰린 햇빛은 붉은색이 넓게 퍼져가고 있으며, 만灣의 양끝에서 직선으로 뻗어나간 궤도차의 선로가 바닷속으로 감춰지고 있었다. 밀물에 덮인 검은 개펄은 백사장과 파도를 가르는 가느다란 띠처럼 보였다. 궁형弓形의 만 가운데로 뗏마를 서너 척 매단 작업선이 느릿느릿 돌아왔다. 황혼 무렵에 이런 풍경을 바라보노라면 그들은 마치 누가 자기네 입속으로 모래라도 한줌 처넣어주는 듯한 느낌을 받았다. 그들은 날마다 이 무렵에 녹초가 되어 있었고, 땅과 개펄과 바다의 세 가닥 선이 이루어놓은 전경은 사실 단조롭고 답답해 보였다.

현장사무소 직원들이 일단의 무리를 인솔하고 천천히 걸어올라왔다. 군중은 왕모래가 하얗게 깔린 작업장을 지나서 오고 있었다. 장씨가 말했다.

"신마이들이 오는군."

대위는 대답 없이 누렇게 니코틴이 오른 담배꽁초를 길게 빨아들이고서 침을 내갈겼다. 그가 옷소매로 입술을 닦아내며 말했다.

"우린 속았시다."

장씨도 고개를 끄덕였다.

"첨부터 모르고 있었는가 어디?"

"나는 눈치를 못 챘어요."

사람들은 벌판을 가로질러왔다. 황톳길에서부터 그들이 일으켜놓은 벌건 먼지가 땅 주위에 퍼지고 있었다. 멀리서도 그들이 한 손에 짐을 들고 있는 것을 알아볼 수가 있었다. 대위가 말했다.

"잘린 사람들만 뒤집어쓴 겁니다."

"그 작자들 너무 경솔하게 설친다 싶었지."

"나두 장씨처럼 표면엔 나서지 않았죠. 그 사람들은 평소에 워낙 찍혀 있던 사람들이오."

"저쪽에서 선수를 친 게 아닐까?"

"틀림없습니다."

대위가 담배꽁초를 발로 밟아 뭉갰다. 사흘 동안의 파업이 실패로 돌아갔고, 그것은 그들이 원했던 사건은 아니었다. 어딘가 조작의 기미가 있다고 대위는 생각했던 것이다. 아니나 다를까, 그들은 보기 좋게 우롱만 당한 결과가 되어버렸다. 장씨는 감원당한 사람들의 머릿수를 입속으로 헤아려보았다. 대위가 말했다.

"따져보나마나 서른두 명이 잘렸어요. 이 집에서만 열넷이 빠졌습니다."

"얻은 게 뭔가, 깡그리 묵살되고 밥줄만 끊겼지."

대위가 뒤편의 날품들을 돌아보고 나서 목소리를 낮추었다.

"회사측의 떡밥이 끼어 있어요."

"누군지 짐작하나?"

"하여튼 우리들 틈에 있는 게 분명합니다. 개들이 일부러 파업을 선동했던 거요. 이제부터는 노골적으로 드러낼지 몰라요. 감독조를 중심으로 행동할 거요."

"선부른 짓이었네. 미리 간조를 타뒀어야 했는데…… 밑천이 없으면 오래 버티질 못한다네."

"놈들이 세력을 만들자는 눈치요. 불평꾼들의 힘이 커지기 전에 거세하자는 계획이었어요. 회사의 지시대루 주동한 놈들이 일을 벌이자마자 발뺌을 했거든요."

"이득을 본 건 사무실측과, 선동한 놈들이 아닌가."

무리를 지은 사람들은 열 채의 함바가 언덕 가녘으로 늘어선 가운데 공터로 모여들고 있었다. 장씨가 일어서면서 말했다.

"오늘부터 작업 시작이군."

"인원을 보충받아야죠. 우리 조에서도 세 사람 빠졌어요. 5함바가 제일 많이 잘렸는데 서기와 십장들이 뭐라구 그러는지 아쇼?"

"뭐라구 하던가?"

"5함바는 복마전이랍디다. 우린……"

대위는 말을 끊고, 텁수룩하게 수염이 자란 자기의 강팍한 턱을 두어 번 비볐다.

"콱 찍혔어요."

공터에서 이리로 모여주시오, 줄을 만드시오, 하고 연방 떠들어대는 소리가 들려왔다.

"두고 보세요. 한판 터뜨릴 테니까…… 이대로 물러서진 않겠소."

"무슨 도리가 있나."

"단결해야죠."

장씨는 희미하게 자기의 고개를 흔들어 보였는데 대위가 알아차린 것 같지는 않았다. 그는 수많은 공사판에서 객기를 부리는 젊은이들의 천작을 겪어봐서 알지만, 모두 소용없는 짓이었다. 남의 일에 관여 않는 게 나잇값이란 거였다. 개선이니 진정서니 서명이니 하는 짓들이란 그가 십여 년을 노동판에 굴러다니면서 한 번도 성사하는 꼴을 못 보았다. 이번 일만 해도 실

패로 돌아갔고 평소에 서기들이나 십장들에게 직접적으로 맞섰던 자들만이 족집게로 뽑히듯이 잘려나갔다. 대부분의 날품들은 이런 일에 만성이 되어 있어서 열띤 분위기가 가라앉고 나면 곧장 잊어버렸다.

공터에서 함바 아래로 다가온 땅딸한 체격의 최십장이 두 손을 입가에 모으고 뭐라고 외치고 있었다. 그는 함바의 날품들을 대표할 연장자를 찾았다. 장씨가 그에게로 내려가자 최십장이 수첩을 펴들고 물었다.

"몇 사람 비던가?"

"세 사람."

장씨의 대답에 그는 눈을 동그랗게 뜨고 통통한 볼을 부풀리면서 소리쳤다.

"아니, 총원에서 말야. 5함바 전체를 묻고 있잖나?"

"열넷."

"열넷이라, 옘병할, 그럼 꼭 절반이군."

신마이들이 열을 지어 쭈그리고 앉아 있는 앞에서 서기들이 책상을 날라다놓고 인원 배당을 하고 있었으며, 본사 출장 직원인 듯한 사람이 감독에게 짜증을 내고 있었다.

"도대체 어떻게 된 겁니까. 부랑 노무자는 될 수 있는 한 줄이라고 했잖소. 공사의 성격상, 본사 하달은 현지 노동력을 최대한으로 이용하라는 거요. 우리는 노임만 지불해주면 그만이오. 그러나 이 지방 사람들이 아니면 채무 때문에 자연히 노임 인상을 요구하게 된단 말이오."

감독은 젊은 본사 직원에게 설명하기 쉬운 말들을 찾아내느라고 진땀을 빼고 있었다. 그는 건축공사장이 아닌데도 헬멧을 쓰고 다녔는데, 벗어서 얼굴 언저리에다 흔들어대고 있었다. 더운 모양이지만 바람이 일 것 같지는 않았다.

"농번기가 되면 여기 사람들은 모두 일을 그만두게 됩니다. 그때엔 새로 채용하기도 어려워지죠. 사람들이 자꾸 갈리면 손발이 맞질 않아서 작업능률이 영 형편없습니다."

말을 하고 나서 감독은 너털웃음을 터뜨렸다. 직원이 고개를 치켜들고 말했다.

"보고서는…… 아십니까. 내가 쓰는 거요."

"현지 사정에 따라야 합니다. 다 조처가 되어 있죠."

감독의 말에 젊은이는 약간 어리둥절한 표정이 되었다. 그는 불쾌하고 아니꼽다는 듯 천천히 되물었다.

"조처라니……?"

"일선 실무자들과 회사 간부측에서 알고 있는 일입니다."

"나도 실무자요."

감독은 고개를 끄덕이며,

"물론이죠. 그러나 우리가 인부들과 더 가깝습니다. 자세한 것은 현장소장님께 물으시오."
하고 잘라 말했다. 직원은 말문이 막혔지만 뭔가 한마디라도 더 하고픈 표정으로 감독을 지켜보았다. 감독은 의기양양해져서 새로 온 인부들에게 조용하라고 호통을 한번 내질렀다.

서기들은 인원 명부에 신규 채용자들의 인적사항을 적고 일련번호를 매겨주고 있었다. 기능 노무자와 날품 인부들을 구별해서 각 함바에 배당했다. 모여 있던 인부들의 맨 뒤쪽에서 작은 소요가 일어나고 있었다. 인부를 배당하던 서기가 양미간을 찌푸리고 날카롭게 소리쳤다.

"떠들지 말라구! 수틀리면 여기서 꺼지면 되잖아."

"소지품을 내줘야 갈 거 아냐."

"아니면 일을 시켜주든지 말이야."

이런 소리들이 신마이들의 줄 뒤에서 들려왔다. 그들은 채무 때문에 맡긴 소지품들을 찾지 못해 이곳을 아직 떠나지 못했던 해고된 사람들이었다. 서기가 장부를 탁 덮고 나서 한참 동안 그들을 노려보았고, 군중 사이에서 한 사람이 나서며 서기에게 삿대질을 했다.

"야 강서기, 떠날 사람들 짐을 돌려줘야지. 일을 안 시키려면 여비라두 달란 말이야."

"여비라니, 모두 들었나. 이건 억지 뗑깡인데."

하면서 강서기가 주위의 동료 서기와 십장들을 둘러보았다.

"너희들 보따리 갖구는 계산이 안 돼. 도민증을 돌려준 것만두 고맙게 생각하라구."

"짐을 내놔, 아니면 여비를 주든지."

"저 개새끼가……"

강서기는 차라리 상대를 하려 들질 않는다. 그는 핼쑥해진 얼굴을 장부 위로 숙여버렸고, 계속해서 날품들의 번호를 매겨 나갔다. 그들은 한계를 넘어서 채무를 진 인부들에게서 도민증과 소지품들을 맡아 갖고 있었는데, 감원당한 자들의 거의가 빚을 지고 있었으므로 소지품을 돌려주지 않았던 것이다. '이유 없이'라는 단서가 붙어 있긴 했지만, 인부를 공사 기간 중에 채용했다가 해고할 때에는 그가 공사지를 향해 출발했던 지점까지의 여비를 판상해주는 것이 상례였다. 운지 읍내로 나가면 내륙으로 나가는 차를 탈 수 있었고, 육십 리 길을 가야 철도를 만나게 되어 있었다. 해고당한 인부들은 철도만을 바라고 육십 리 길을 걸어갈 엄두가 나질 않았다. 더군다나 맡겼던 소지품을 찾지도 못했던 것이다. 다른 서기가 타이르는 어조로 성난 노무자를 구슬렸다.

"빚이 워낙 많은 사람들은 우리도 어쩔 수 없어요. 쌍방이

피를 보는 겁니다. 그렇다고 작업에 지장이 되는 사람들을 무작정 써줄 수도 없지 않겠소."

"당신네들 전표 장사해서 빨아먹은 돈들 있지 않나. 적선 좀 해주지."

하면서 그 사내는 아까보다 더 유들유들하게 내뱉었다. 강은 그 길쭉한 얼굴이 핼쑥해지며 기세가 등등한 사내의 앞으로 다가섰다.

"다시 한번 씨부려봐."

사내는 입가에 냉소를 떠올리고 침착하게 말했다.

"너는 우리네 피를 빠는…… 아주 치사한 놈이야."

"좋아, 널 붙잡아둘 테니까 빚을 갚고 떠나라구."

사내가 입을 일그러뜨리고 갑자기 강서기의 옷깃을 잡았다.

"지랄하면 느들 손해야."

하고 말했다. 그의 주변에 서 있던 낯선 청년들이 두 사람을 말리는 척하면서 사내를 뒤에서 붙잡았다. 코르덴 모자를 뒤통수로 제껴 쓴 단단한 체격의 청년이 열띤 목소리로 말했다.

"좆겉은 새끼가 어디서 깡다구야."

그가 사내의 목을 뒤로부터 껴안고 넘어뜨렸으며, 다른 자들이 발로 짓밟았다. 본사 직원은 말려들기를 두려워했는지 웅성거리는 노무자들을 불안하게 훑어보면서 언덕 아래로 내려가버렸다. 강서기가 머리를 처박고 주저앉은 사내를 밟았다. 그는 구두 뒤꿈치를 곧추세워 사내의 등을 내리찍었다. 강은 넘어진 사내를 잡아 일으켜서는 엉망으로 터진 면상을 또 후려갈겼다. 웅성거리는 신마이들 틈에서 청년 한 사람이 일어섰다. 그가 강서기의 팔목을 잡았고, 강은 뒤를 돌아보며 날뛰었다.

"넌 또 뭐야, 이거 못 놔?"

"그만해둡시다."

청년이 강을 멀찍이 끌고 갔다. 합세했던 다른 네 사람은 최십장과 얘기를 주고받고 있었는데 그들은 서로 잘 아는 사이처럼 보였다. 강서기를 떼어놓은 청년은 여러 번 빨아서 푸른색이 거의 회색으로 변한 낡은 작업복을 입고 있었다. 그의 짧은 머리털은 지독한 곱슬머리였으며 얽히고 헝클어진 머리카락들이 사방으로 뻣뻣이 서 있거나 배배 꼬여 있었다. 청년이 넘어진 사내를 부축해 올렸다. 사내의 코와 입술에서 피가 흘러내렸다. 최십장이 사내의 등을 두드리며 얼러댔다.

"빨리 떠나지. 여기서 주먹 쓰는 놈은 용서 못해."

그는 불안하게 술렁거리는 해고된 인부들을 둘러보면서 외쳤다.

"자, 갈 사람은 어서들 가지. 뭘 꾸물대나?"

"가보쇼들!"

코르덴 모자를 쓴 자도 함께 떠들었다. 그는 사내의 팔을 부축하고 있는 청년을 못마땅한 눈길로 쳐다보았다. 열 뒤에 서 있던 해고된 자들은 꾸물꾸물 움직이기 시작하다가 새로 온 인부들이 왔던 길로 똑같은 무리를 지어 몰려 내려갔다. 장씨는 청년에게 부축되어 피를 닦고 섰는 자기의 조원에게로 갔다.

"참구 어서 가게. 어디루 가려나?"

사내가 터진 입술을 찡그리고 억지로 웃어 보였다.

"뜨내기가 별수 있소. 타작거리가 걸리면 다행이구……"

그는 자기 팔을 잡은 청년의 손을 가볍게 뿌리쳤다. 사내의 몇몇 동료들이 언덕길 아래 서서 그를 기다리고 있는 게 보였다. 사내의 갈라진 나무껍질과 같은 메마른 입술 밖으로 피가 배어나왔다. 그는 맨손을 추켜올려 가끔씩 코 언저리를 훔쳐내면서 언덕을 내려갔다. 청년이 말했다.

"형편없는 고장이군."

장씨는 아무 대꾸도 하지 않고 청년을 마주 바라보았다. 그는 걸음걸이가 느릿느릿했고, 입 근처는 한쪽 위로 삐뚜름하게 올라가 있었다. 눈을 가늘게 뜨고 상대를 노려보는 게 근시인 것 같았지만, 눈초리가 만만치 않아 보였다. 최십장이 장씨를 향해 묻는다.

"5함바 총원이 몇 명이었더라, 서른 몇이지?"

"서른여덟 명."

"스물네 명 남아 있는 셈인가."

강서기가 말했다.

"남은 열여섯을 모두 5함바에 채우면 사십 명이 됩니다."

최십장이 강의 의견에 찬성하고서 5함바 노무자들의 일련번호를 부르며 확인을 했다. 최는 계속해서 번호를 불러나갔고, 모인 사람들 중 자기 번호를 불린 자들이 대답하며 장씨의 주변에 끼어들었다.

"이십구, 이십구, 이동혁 어딨어?"

아까 싸움을 말리던 청년이 그들에게로 천천히 걸어왔는데 그는 한손에 먼지가 뽀얗게 앉은 낡은 비닐백을 들고 있었다. 최십장이 답답하다는 듯이 눈살을 찌푸리고는 다가오는 청년을 쏘아보았고, 청년은 끝까지 느린 걸음으로 최십장 앞을 지나쳐 열 중으로 들어갔다. 십장은 한참 만에 청년으로부터 눈을 떼며 투덜댔다.

"속깨나 썩이겠군."

"인원 배당이 모두 끝났습니까?"

강서기가 인원 명부를 덮으며 말했고, 최십장은 남아 있는 칠팔 명의 사람을 턱짓으로 가리켰다. 감독과 최가 뭐라고 소곤거렸다. 최가 고개를 끄덕였다.

"양봉택이 누굽니까?"

신발끈을 고쳐 매고 있던 자가 허리를 펴고 뛰어왔다. 강서기의 편을 들어 사내를 넘어뜨렸던 코르덴 모자였다. 그는 입속에서 뭔가 우물거리며 씹고 있었다. 그의 뒤에 비슷비슷한 청년들이 따라왔다. 그들은 대체로 건장한 체격에다 활발해 보였다.

"우리는 날품 인부가 아닙니다만……"
하고 코르덴 모자가 말했다. 그는 장씨 주위로 모인 5함바 인원들을 건들거리며 둘러보았다.

"감독조로군. 경비실에 계쇼."

"이 사람들 우리 소관인가?"
라고 감독이 물었다. 최십장이 양봉택이란 코르덴 모자에게 말했다.

"감독님과 잘 의논하슈, 앞으로 수고가 많겠시다."

강서기가 말했다.

"함바에 있는 자들까지 합해서 백오십일 명이오. 1함바로부터 5함바까지가 우리 운영권이오."

"작업조는 먼젓번처럼 함바 중심으로 짜지 말구 방마다 분리시킵시다. 모든 함바의 1실은 날일조, 2실은 수로 작업조, 3실은 밤일조, 하는 식으로 말이오."

하는 최십장의 말에 감독도 그 의도를 알아채고 기꺼이 찬성했다.

"같은 집 사람들끼리 일하면 엉큼해져서 말이야. 나누는 게 좋지."

하면서 감독이 외쳤다.

"고참들 잘 안내하라구."

언제나 그래왔듯이, 저녁식사는 주위가 완전히 캄캄해졌을 무렵에야 끝났다.

휴식하고 있는 인부들은 어쩐지 맥이 풀린 것 같았다. 각 함바에 누르끄레한 등잔불이 켜지고, 유별나게 시끌짝한 방도 있었지만 대부분은 그저 두런두런하는 낮은 얘기 소리만 들려왔다. 벌판 너머 아득한 곳에 마을의 불빛들이 어둠 속에서 가물거리고 있었다.

장씨는 문가에 앉아 작업복을 꿰매고 있고 윗목에서 목씨와 한동이란 젊은이가 담배 내기 섰다를 붙고 있었다. 3실에는 모두 열 사람이 기거하는데 그들은 같은 작업조로 편성되었다. 얼기설기 엮은 각목에 콜타르를 칠한 검은 종이로 씌운 지붕에다, 방의 벽은 흙 위에 신문지로 대강 도배가 되어 있었다. 왕골 돗자리를 깐 바닥에 축축한 군용 누비이불이 노상 펴져 있으며 신발을 윗목에 벗어두기 때문에 이불은 온통 흙과 모래투성이였다. 장씨는 자기의 그림자로 해서 동혁의 머리맡이 어두워진 걸 보고는 물러나 앉았다. 그는 넌지시 동혁의 어깨 너머로 넘겨다보았다. 동혁이 수첩에 끼적이던 손을 멈추고 그 위를 가리면서 말했다.

"뭘 보세요?"

"아니…… 난 뭐 적고 있길래."

"아무것두 아닙니다. 치부책이죠."

동혁이란 청년은 어느 곳에 가 있거나 낯설고 두려운 느낌을 가져본 적이 없다는 듯했고, 언제나 제집에 있는 것처럼 모든 습관을 지켜나가리라 작정한 것 같았다. 그는 자리를 정하자마자 벽 위에 화려한 색도의 사진이 박힌 달력을 벽에 걸었고, 손바닥만한 거울도 세워놓았다. 또한 그는 매일 날짜 위에다 ×표를 해나갈 셈이었다. 동혁이 말했다.

"여비를 따져보던 참이었어요."

"대처에서 왔다구 그랬나?"

"네, 마지막 육십 리 길을 걸어왔지요. 철로가 끊겨서 말이죠."

그는 쾌활하게 대답했으며, 장씨가 말했다.

"이런 벽지에 공사가 있는 걸 용케 알아냈구만."

"도청서 가르쳐주더군요. 공사가 꽤 길 거라구요."

장씨는 동혁을 물끄러미 바라보며 고개를 끄덕였다. 노동판에서는 자기밖엔 쥐뿔도 믿을 놈이 없지만, 나이가 들고 보면 어쩔 수 없이 든든한 동료가 있어야 한다고 장씨는 생각해왔었다. 장씨는 대위가 곧 여길 떠날 눈치인 것을 알아채고 있었다. 대위가 매일 입버릇처럼 지껄이는 말이란 대처에서 장사라도 하겠다는 소리뿐이었고, 장씨는 자기 같은 노인이 손을 떼기엔 이미 늦었다고 생각했다. 그는 목씨나 자기네처럼 늙은 자들은 부랑 노무자가 최후에 만나게 될 표본과 같은 놈들이란 걸 알고 있었다. 자기네는 젊은 축들의 비아냥거리는 말처럼 전표 벌레가 되어버린 것이다. 그는 요즘 와서 대위나 동혁과 같은 청년들의 팔팔한 패기에 은근히 기대고 싶은 마음이었다. 그는 동혁에게 물었다.

"물때 일은 좀 해봤나?"

"처음입니다."

"그럼 나라시 불잡이를 해야겠군."

"어려운가요?"

"누구나 첨엔 그걸 하는데 별로 힘든 일은 아니라네. 헌데 자네는 취직을 하지 그랬나? 대처에서는 쉬울 텐데."

"기술이 없는데다……"

"밑천이 없다 그거지. 땅두 없을 테구…… 나는 열 마지기나 지냈지."

"땅이 있었어요?"

"오래됐어. 떠돌이로 십 년을 넘긴다네."

"또 땅 타령인가. 왕년 끗발을 언 놈이 믿겠나."
하면서 목씨가 참견했다. 그는 익숙한 솜씨로 화투장을 겨누며 쪼아대고 있었다. 장씨는 그의 빈정거림에 상관하지 않고 동혁에게 말했다.

"자네는 날품할 사람으론 뵈지 않는데그래."

"따루 있나…… 좀 있으면 슬그머니 썩어내리는 거야."

목씨가 또 끼어들었다. 그는 무릎 앞에 흐트러진 한 통의 파랑새 담배들을 그러모았다. 한동이가 앳된 얼굴에 웃음을 띠고 말했다.

"그전에 철도국에 노역 다닐 때, 높으신 양반이 직접 침목 공사를 하러 나온 일이 있었지요. 밥까지 싸갖구 와선 말입니다. 흰 운동화에다 옆구리엔 새 수건을 차구…… 웃기는 노릇이지. 그 사람 잠을 못 잔대요. 게다가 위장병이라 그 말이오. 보름 동안 우리 일을 훼방 놀았어요."

"일손이 서툴렀겠군."

"서투른 정도가 아녔지. 침목의 간격이랑 방향을 모두 잘못

박아놔서 우리가 나중에 뽑아서 다시 박아야 했거들랑요."

"일을 않구 밥알을 넘기면 죄로 간다는 말이렷다."

목씨가 말했다. 장씨는 말을 끊고 잠잠히 엎드려 있는 동혁이 쪽을 살폈다.

"황소두 비빌 언덕이 있어야…… 비빈다는데 말일세."

동혁이 치부책을 접어서 윗주머니 속에 넣으며 장씨에게 물었다.

"보니까 눈치가 이상하더군요. 무슨 일이 있었나요?"

"공사판에서야 불평 없는 사람이 있겠나, 회사측과 티격태격했지."

"그 사람들이 그랬나요? 여길 떠나던 사람들요."

"시작은 그치들이 아닐세. 사흘 동안 파업을 했었지."

"놈들 덕분에 빚이 늘었단 말이야."

하면서 목씨가 화투장을 세게 때렸다. 한동이도 말했다.

"나두 이번 간조에는 타먹을 게 한푼도 없시다. 강서기한테 모두 팔아 조졌으니까."

"사는 녀석두 나쁘지만 파는 놈이 더 나빠. 그러니까 매일 죽는소리 아닌가?"

라고 한동이를 윽박지르는 목씨에게 동혁이 물었다.

"서기가 전표를 미리 사는가요? 한 장에 얼마씩입니까?"

"하루 일이 끝나면 백삼십원짜리 맘보 한 장을 받는데, 매일 전표와 바꾼다네. 함바에서는 현금이 아니니까 사실상 백이십원짜리로 써먹지. 현금을 가진 전표 장수는 이걸 백십원에 사거든."

"도청에선 법정 노임이 백오십원이라구 하던데요."

"그건 나리들이 쓴 글씨야."

"촌놈들 때문이오."

하고 나서 한동이는 말을 잇는다.

"농사나 지을 일이지, 놈들이 싼값에 품을 파니까 자연히 노임이 떨어졌어요."

"농한철에만 그런가. 우리들끼리 일할 때두 언제나 그 모양인걸."

목씨는 화투장을 걷어치우고 벽에 기대앉아 양말을 벗은 다음 발을 살피고 있었다. 그는 발가락 사이에 생긴 무좀의 상처를 쥐어뜯었다. 갈라진 살 사이로 진물이 흐르고 있는데도 목씨는 시원하다는 듯이 눈을 감고 있었다. 동혁은 손가락 셈을 해보면서 말했다.

"하루 숙박비 사십원에 매끼 이십원이면…… 백원에다, 하루 십원 남는가요?"

"남는 건 한푼도 없다네. 간조 때는 뭘 하는지 아는가. 누가 얼마 빚졌다는 걸 알려주는 일루 끝나지."

"빚이라뇨?"

"숙식비에다 서기가 경영하는 매점에서 술이며 담배, 옷, 과자 부스러기를 팔거든. 일하는 놈이면 무작정 줘두 좋다는 게야. 나중엔 모두 빚에 묶여서 여길 뜰 수가 없다구."

한동이는 잠시 겨드랑이를 긁어대더니 등잔의 심지를 돋우어 올리고 웃통을 벗어붙였다. 장씨가 혀를 찼지만 한동은 아랑곳없이 이를 죽이는 데 열중했다. 그들의 가늘고 기다란 그림자들이 신문지의 벽지 위에서 흐느적거렸고 방안은 더욱 좁아진 것 같았다. 1실 쪽에서 여러 사람의 악쓰는 듯한 유행가 소리가 들려왔다. 장씨가 말했다.

"날일조에서 벌써 시작했군."

"소주는 매점에 얼마든지 있다네."

목씨가 발가락 사이에 침을 뱉고서 이불 위에다 쓱쓱 문지르며 일어섰다.

"긋는 거야. 객지 인부 좋다는 게 뭔가. 속 편하게 마시는 거다. 이번에 누구 차례더라."

"그만둬, 이 사람아, 나중에 갚을 생각두 해야지."

"몸이 화끈해져야 일을 하지."

목씨가 장씨의 만류를 밀어내고 신발을 꿰었다. 장씨는 누가 술을 마시자면 언제나 처음엔 말리는 척해 보이지만 그건 연장자로서의 체면일 따름이었다. 술판이 오르면 그는 까짓것 서슴지 않고 자기 앞에 긋고 술을 받아오게 했다.

"대위 어디 갔지? 오늘 그 사람 차렌데 말이야. 자네…… 잘 됐군."

목씨는 신참인 동혁에게서 소주 두 병을 긋기로 제멋대로 결정했고, 동혁도 반대할 수가 없었다. 목씨가 동혁에게 말했다.

"어디나 신입식이 있는 거라구. 오늘은 자네 차례지만, 다음엔 내가 긋지."

그는 큰소리를 치면서 밖으로 뛰어나갔다. 장씨가 동혁에게 낮은 목소리로 말했다.

"저 작자두 나처럼 주독이 올랐으니 다 틀렸지. 마시질 않으면 일을 못한다네. 저 사람, 세 바퀴 반을 돌구 나왔지."

"세 바퀴 반은 어째서요?"

"불을 놓았다네. 판자촌이 홀랑 타버렸다는군."

"왜 불을 질렀나요?"

"모르지. 얘길 안 하니까."

문이 열리며 세탁물을 두 팔에 건 대위가 안으로 들어섰다. 그는 젖은 빨래를 자기 자리 위쪽의 못에다 걸었다. 대위는 키가 커서 등이 많이 굽은 듯이 보였다.

"나 참 드러워서 말이야."

그는 이부자리 위에 털썩 주저앉으며 한동이에게 말을 걸었다.

"비서 그 새끼 아직 안 왔지?"

"종기 개는 최십장에게 갔을걸."

"틈만 있으면 쫓아가서 빌붙는단 말이야. 언제 아주 버릇을 고쳐놔야겠어."

"무슨 말을 하던가?"

대위는 장씨 옆에 바짝 다가앉았다.

"좀 들어보쇼. 나두 누구한테 들었는데 5함바 감원자 명단을 뽑을 때 종기가 쏘삭거렸대요."

"뻔하지 뭘. 오죽하면 비서라겠누."

하며 한동이가 중얼거렸다. 대위는 한동이와는 대거리 않고 장씨에게 말했다.

"오다 보니 2실에 감독조 녀석이 놀러와 있습디다."

"골뗑 모자를 쓴…… 그치들은 경비실에 있을 텐데."

"그게 말요 실상은 떡밥들이오. 찍힌 5함바를 단단히 벼르자는 게 분명합니다. 연락은 아마 종기 녀석이……"

"비서가……? 내막을 모르면서 함부로 남의 말을 하는 게 아닐세."

장씨는 대위의 다음 말을 막았다. 목씨가 막소주 두 병을 들고 돌아왔다. 다섯 사람은 소주를 양은그릇에 따라 돌렸다. 목씨가 오징어 다리를 찢으며 입맛을 다셨다.

"개장국 한 그릇 걸쳤으면 후련하겠는데. 지난달에 운지 나가서 목구멍을 달래보고는…… 거 되게 비싸더구만. 먹구 나니까 아깝긴 해두, 어 그 참 매큰한 게 말이지."

"우린 기름이 쫙 빠져서 밟으면 부스러질 거요."

대위가 말했고, 자기 잔을 들던 장씨가 대위의 어깨를 잡아 가볍게 흔들었다.

"누구 술인지 알구나 마시게. 서루 인사를 터얄 거 아닌가."

대위는 장씨 옆에 앉은 동혁이 쪽을 호의가 섞인 눈초리로 바라보다가 손을 내밀었다. 그들은 악수했다. 장씨가 대위에 관해서 덧붙였다.

"이 사람 유식한 걸루 사무실서두 소문이 파다하다네. 군대서 계급이 높았다구 대위라 부르지."

"장씨 아저씨가 붙여준 계급이죠. 진짜는 고작 갈쿠리 셋인데 오래전에 제대했어요."

"나는 두 달 전입니다. 사십팔 개월 동안 갑판만 닦다가 나왔어요."

동혁이 말하자 대위가 양손으로 보트 젓는 흉내를 내 보였다.

"이거 말이오?"

동혁이 머리를 끄덕였고, 대위는 웃었다.

"나는 땅개 출신입니다. 첨부터 직업군인이 내게 맞질 않는데다 무능했어요."

벌써 세 잔째 비운 목씨가 걸걸해진 음성으로 호통을 쳤다.

"어이, 집어치우자구. 창가나 불러."

"한 곡조 부릅시다요."

한동이가 손뼉을 두드리며 타령 한가락을 뽑기 시작했다. 대위가 빈 양재기를 동혁에게 전했다. 그는 술을 따라주며 속삭였다.

"잡역 인부들의 주인이 누군 줄 아쇼? 바로 이놈이오."

대위는 술병을 들어 보이고 나서,

"이놈이 뭉쳐진 힘살을 훙건히 풀어놔선 일을 다시 시작하게 만들지. 당신도 견뎌보시오. 꼭 하루를 살 권리가 찍힌 전표 한 장을 받게 되면 성이 치밀 거야. 군대서 뭣 땜에 제대했는지 모르겠소. 여긴 더 개판이거든. 처음엔 뿔을 올리고 발을 뽑겠다구 밑천을 모은다며 안간힘하다가 맥이 빠져서 술이 오르기 시작하거든."

"그런데 함바의 운영은…… 회사에서 하는 게 아닌가요?"

"원래 회사측 소관이죠, 십장들이 함바 건축비며 권리금을 내고 맡아버린 거요. 여기 5함바만 해도 최십장네 처가 맡고, 3함바는 과부인 그치 큰며느리가 하고 있어요. 최가는 소싯적부터 노가다판에서 물 좀 먹은 모양이오만, 형편없는 악질이오."

동혁은 대위의 어조에 열기가 오르고 있는 듯함을 느꼈다. 그는 사실 목소리가 크고 다혈질로 보이는 대위가 마음에 들었고 어딘가 선임하사 기질이 남아 있는 것 같다고 생각했다. 동혁은 대위에게 물었다.

"개판인 줄은 눈치챘지요. 대단하신 모양이군."

"불만 정도가 아니오. 회사측에서는 하급 노무자와의 직접적인 접촉을 최대한으로 피하기 위해 합숙소의 운영을 십장들에게 넘겨버린 거요. 회사는 인부들의 상부 계급인 감독과 그 밑의 십장들만 상대하면 되니까. 십장은 회사측과의 중개역인 서기들을 통해 작업량과 노임 문제를 결정합니다. 애매한 계급 구조요. 운지 간척공사장의 열 채의 함바 모두가 감독이나 십장들이 경영하는 형편인데 중간착취가 심해요. 서기들은 매점을 경영하고 전표 장사나 돈놀이를 해서 수지를 맞춥니다. 회사측에서는 하급 인부들의 노임과 작업 문제를 합숙소랑 직결시켜서 일임해버리는 게 편리한 거죠. 어째선가 아쇼?"

"작업의 능률을 위해선가요?"

"살려면 먹어라, 먹다보니 빚을 지고, 빚을 갚으려니 끝장

볼 때까지 일을 하게 되는 꼴이지. 함바에 묵는 모든 사람이 객지 인부들인데 갚아야 할 작업량에 묶여버린 실정이오."

"야 대위, 알쏭달쏭한 소린 집어치우고 한 곡조 하라니까."

하며 목씨가 대위의 말을 막았다. 대위는 아직 흥분을 가라앉히지 못한 채 혀를 찼다.

"혼자 노래 부르시지. 이왕 찌그러진 몸, 노상 타령이나 읊으면 바다두 저절로 메꿔지구 말이오."

"바다라구 밑바닥이 없을라구야."

"바다는 아직 멀었지만 목씨한테선 벌써 바닥에 닿아서 긁히는 소리가 들리는데그래. 쇳소리가 나요."

"어, 친목을 도모하자 그런 뜻이야."

"너무 빼지 마슈. 대위 형이 변사 뺨치게 논설 푸는 줄은 알지만 좆이나 누가 알아줍디까?"

한동이도 목씨를 거들고 나섰다. 장씨는 발길로 문을 열어젖히고 앉아서 한 곡조 부르고 있었다. 코끝에 야기夜氣가 끼쳐왔다. 언덕 아래 작업장 부근에는 횃대의 작은 불꽃들이 켜져 있었다. 세 사람은 목소리를 합쳐 노래했고 대위가 계속해서 말했다.

"하급 노무자에 대한 압력 세력이 생겨나 있어요. 이번 일로 눈치채게 된 겁니다. 우리 날품팔이들도 조직이 필요하게 됐소."

그들은 노래했다. 산이라면 넘어주마 강이라면 건너주마 인생의 가는 길은 산길이냐 물길이냐. 동혁은 차츰 대위의 열띤 기분에 젖고 있는 것 같았다.

"싸우게 되겠군요."

"아직 모르시겠지만…… 맘에 맞는 사람들 몇이 있어요. 계획이 조만간에 회사측과 한판 겨룰 셈이오."

그들은 다음 절을 노래한다. 손금에 써진 글자 풀지 못할 내 운명 인심이나 쓰다 가자 사는 대로 살아보자.

"쟁의를 할 건가요?"

"하여튼 먼저 점잖게 요구하다가 안 되면 행동으로 들어갈 작정이오. 간척지 공사는 원래 관官에서 시작한 일입니다. 쟁의가 확대되면 회사보다도 관리들이 먼저 해결하려고 서두를 겁니다."

열려진 쪽문 사이로 희미하게 초승달이 뜬 밤하늘이 내다보였다. 목씨가 밖을 내다보며 탄식하듯 혼잣말을 했다.

"사람 사는 게 워낙 간사하거든. 어떤 때는 곧장 땅속에 뻗어버렸으면 싶은데 이런 저녁엔 기분이 느긋하단 말야."

빈 드럼깡을 때리는 소리가 들려왔다. 물이 나갔으니 일하러 나오라는 작업 개시의 종소리였다. 누군가 투덜댔다.

"빠졌나본데, 제기랄."

각 함바로부터 공터로 내려가는 인부들의 그림자가 보였다.

바다는 어둠 속에 가라앉아 있었으나 곳곳에 밝혀진 횃불 빛에 드러난 개펄의 일부분이 보였다. 궤도차가 시동을 걸고 있는 소리가 끊어질 듯하다가는 이어지고 있었다.

소금내 섞인 바람이 마주쳐 불어왔고 돌 제방을 때리는 물보라가 화차 위에 떨어져내렸다. 만의 반대쪽에도 똑같은 모양의 석축石築이 쌓아져 있어서 나중에는 이쪽 편과 이어지도록 되어 있었다. 제방은 서로 마주 향한 해안의 돌출부로부터 출발되어 바다를 차단할 셈이지만 아직은 가운데가 크게 무너져나간 담과 같았다.

날일조는 주로 제방의 누수 방지를 위하여 제방의 뒷면에 흙을 쌓는 일과 해변에서부터 차츰 수면 매립을 해가는 일들을 했다. 밤일조는 썰물 때에 급한 경사의 돌쌓기를 했고 제방을 자갈이나 잔돌로써 굳히는 일, 그리고 수로 작업조는 담수를 끌기 위해 강안을 파고 관개를 시킬 수로와 수문을 내는 일이었다. 그 밖에도 채석장 일이라든가 바닷속에 기초공사를 하는 뱃일이라든가 제방 위에 시멘트를 입히고 물결받이와 동마루 비탈을 세우는 미장이조 들이 있었다. 물때 작업은 먼저 한 조의 반수가 화차에 돌을 실어 보내면 제방의 끝에 있던 다른 반수가 돌들을 아래로 굴려 내리는 일이 계속되다가 높이가 일정해지면 급한 경사로 차곡차곡 돌을 쌓아올렸다. 밀물 무렵부터 조가 교대되어 자갈을 실어다가 이제까지 쌓은 부분을 다지면 하룻밤 일은 모두 끝나게 되었다.

1, 2, 3, 5함바들의 3실 사람들로 구성된 물때 작업반은 2개 조로 나뉘었다. 1, 2함바 사람들이 돌을 화차에 싣는 일을 먼저 하게 되어, 3함바 3실 사람들과 5함바 3실의 장씨 일행은 궤도차에 각각 올라탔다. 바닷물이 제방의 돌벽을 때려 포말을 일으켰고, 돌 위에 엉성하게 놓여진 선로를 따라 궤도차는 무개화차를 길게 끌고 달려갔다. 디젤엔진의 궤도차에서 들리는 발동 소리, 신호종 소리와 십여 칸의 무개화차 위에 가득 실은 돌무더기에 올라앉은 인부들의 농지거리들이 시끄러웠다. 동혁은 삽일이나 등태를 해본 경험이 없어서 장씨의 권유대로 나라시의 불잡이를 하기로 했다. 그는 화차의 맨 뒤칸에 폐유가 가득 담긴 드럼깡을 타고 앉아서 굵은 철사에 솜뭉치를 달아 교대로 기름을 묻히면서 다이마쓰 불을 밝혔다.

하늘에는 별이 총총했다. 검은 바다 위에 야광충의 작은 인광들이 반짝였으며 다이마쓰의 일렁이는 불빛이 꼬리를 끌며 수면 위를 스쳐가고 있었다. 한 팔 간격으로 떨어져서 3함바 사람들이 탄 궤도차가 나란히 달렸는데 기관사들은 인부들의 기분에 맞추어 서로 속력을 내어 앞지르기 내기를 했다. 화차에 올라탄 인부들이 기관사를 격려하느라고 목청을 돋우어 외쳐댔다. 선로가 한 가닥으로 합치는 곳에 가까워지자 양편 화차의 고함소리는 절정에 이르렀다. 장씨네 일행이 탄 궤도차가 먼저 새로운 선로에 들어섰는데 저쪽은 선로 입구에서 앞선 차가 지날 때까지 기다리게 되자 우 하는 소리와 상대를 서로 야유하는 소리들이 요란했다.

"엿이나 빨다 뒤에 와라!"

"바다에 칵 꼬라박히라구."

동혁은 다이마쓰를 휘둘러 자기네가 끝에 이르렀다는 것을 뒤차에 알렸다. 바다 위를 덮은 어둠은 끝 간 데 없었지만 가끔씩 어둠 가운데서 흰 물결의 이랑이 일어나는 게 보였다. 다이마쓰에 반사된 제방 가녘의 물속이 맑게 비쳐졌다. 동혁은 이런 광경을 누군가 멀리서 바라보면 아마도 소리 있는 한 폭의 그림 같을 거라는 생각이 들었다. 장씨가 말했다.

"대위랑 내가 굴릴 테니까 남은 사람들은 돌을 운반하게. 자네는 불을 들고 아래로 내려가게."

동혁은 바지를 벗고 제방 아래로 내려갔다. 물이 허리에까지 차올랐는데 한기가 머리털 끝까지 스며오는 것 같았다. 횃불을 잡고 있는 게 그리 힘든 일은 아니었으나 위에서 바윗돌을 굴려 내리기 때문에 불을 밝히는 나라시꾼들이 때때로 다치는 일이 많아 공포감과 추위가 고통스러운 일이었다. 다른 조는 제방의 왼쪽으로 메워나갔고 장씨네는 오른쪽을 맡았다. 장씨 등 다섯 사람과, 판술이라는 젊은이, 벙어리 오가, 다른 두 사람의 신참, 합해서 모두 아홉 명인데 비서라는 자는 어찌된 셈인지 일판에 나오질 않았다. 대위와 장씨는 동혁이 불을 비춰주는 지점에다 돌을 굴려 넣었고 벙어리 오가는 화차 위에서 동료들의 등 위에다 돌을 들어 얹어주었으며 목씨와 한동이, 판술이, 또 두 사람은 벼랑 끝에 돌을 운반해갔다. 등태질은 별것 아닌 듯 보였지만 굽힌 허리로 돌의 무게를 조절하는 요령과 발걸음을 떼어놓을 때 몸의 중심을 잡는 게 중요했다. 장씨와 대위는 돌을 등태로부터 받아서 익숙한 솜씨로 집어던졌는데 빈자리에 가서 층층으로 쌓여갔다. 가끔 혼자 운반하기 어려운 큰 돌이 남게 되면 여럿이서 삼바를 밑으로 꿰어 들어다 축대 끝에 옮겨갔다. 장씨가 열 개 타령을 곡조를 맞추어 뽑았다. 돌을 나르는 자들은 으차 여차 하며 박자를 맞추었으며 장씨가 열 개요, 하면 모두 열이로구나, 하며 목청을 합쳤다. 동혁은 하반신뿐만 아니라 양쪽으로부터 튀어오른 물을 머리에 뒤집어쓰고 추위에 이빨을 덜덜 떨었다. 두 대의 궤도차가 번갈아 돌을 실어나르고 있었다. 최십장이 채석장과 제방을 감독하게 되어 있었지만 최십장은 시작한 지 두어 시간이 지나서야 나타났다. 그는 돌 실은 궤도차를 타고 와서 운전석 옆에 매달려 끊임없이 고함을 질렀다.

"기운들 다 어디루 간 거야. 저쪽에선 신느라구 눈코 뜰 새 없단 말이야. 빨리 비워야 실어오잖나."

위에서 돌을 던질 때마다 물보라가 솟구쳐올랐으며 물속의 바위틈에 처박히는 둔중한 소리가 들렸다.

"꾸물대다가 날 새지 말구 빨리들 해치워요."

최십장은 소리쳤다. 대위와 장씨가 등태를 지고 목씨와 한동이가 돌 던지기로 교대했다. 장씨는 십장이 오고 나선 타령을 그쳤다. 최십장은 날품 인부들이 일하며 타령조를 씨불이는 걸 보면 태만하다고 호령하기 때문이었다. 그들의 박자에 맞춘 느린 발걸음이 지켜보기에 답답한 이유이기도 했을 것이다. 판술이가 십장 곁을 지나며 한마디했다.

"십장님이 오니깐 일이 잘 안 되는구먼요."

"개판 곤조 때문에 그냥 놔둘 수 없어. 닦달이 싫으면 도급을 맡으란 말이야."

"웃개조를 모집해얄 말이죠."

"뽑으라구 말이 내려올 거야."

"사실이오?"

대위가 일손을 멈추었다.

"날품 인부들도 웃개를 시켜줍니까?"

"공사 진척이 늦어져서 성적이 좋은 작업조 순서대로 맡길 거야. 작업 보고는 각 십장들이 하게 될 걸세."

"잘 봐주, 빚 좀 갚게."

대위가 심사 틀린 어조로 대꾸했다. 뜯어먹자는 수작이군, 하고 그는 생각했다. 웃개 일을 하게 되면 노동자는 스스로의 휴식을 절약하고 최대한의 능력을 발휘해서 초과 달성을 할 수가 있었다. 초과량에 수당이 붙게 되지만 노임은 어디까지나 주는 편만의 권한에 달려 있었다. 주면 주는 대로 받을 뿐이다. 노임이 많건 적건 나오는 만큼 똑같이 나눠 먹게 되어서 작업량을 노동자들 능력껏 늘릴 수 있는 노동 규약이었다. 시간 노임이 정확하게 계산된다면 저쪽이 요구하는 과대한 양의 웃개를 하며 고생할 필요가 없었으나 열 시간이나 한 시간이나 노임은 언제나 겨우 숙식비를 치를까 말까 하는 정도였으니 웃개를 하지 않곤 배겨날 재간이 없었다. 빚을 갚고 나서 여비와 약간의 술값을 벌어 이곳을 떠나려면 웃개라도 자주 차례가 돌아와야 하는 것이었다. 착암기잡이나, 미장이, 남포꾼, 도자꾼 같은 기능 노무자들은 거의가 도급인 웃개 일을 하고 있었는데 날품 인부들이 하게 되는 경우란 공사 기일이 촉박해질 때뿐이었다. 인부들의 남은 휴식시간을 이용하고 적절한 능률을 격려하기 위해서 회사로서는 비교적 높은 노임을 지불하는 대신 시간을 벌자는 얘기였다. 남은 시간을 판 날품 인부들은 그들 노임의 몇 할을 십장에게 바쳐야만 했다. 웃개 일에는 십장이 따라붙을 필요가 없는 것이지만 청부를 맡도록 알선한 십장에 대한 보수로서 인부들의 윗손과 십장이 미리 가격을 정하는 것이었다. 하급 인부들도 풍문으로 들어서 알고 있는 일이지만, 저 까마득히 높은 나리들도 비슷하게 거래한다는 모양이었다. 애초에 놀라 자빠지도록 싼 공사비로 낙찰되어 순전히 회사의 예산으로 착공한 바나 다름없는 간석지 공사는 실상은 졸卒 주고 차車 먹자는 꿍꿍이속이라는 거였다. 이번 공사 건 대신에 큼직한 다른 구찌를 물었을 거라는 쑥덕공론들이었다. 저쪽은 떡값을 먹고, 이쪽은 구찌를 물었다는 얘기다. 대위는 등으로부터 돌을 거세게 내려놓으며 혼자 씨불였다.

"지미 붙을!"

목씨가 돌을 받으려다가 잽싸게 발을 비키며 투덜거렸다.

"야, 이거 정신 나갔나? 발 깨질 뻔했구나."

"장씨, 우리 웃개 합시다."

대위는 돌을 지고 따라온 장씨에게 말했다. 장씨가 숨을 헐떡이며 대답했다.

"한결 낫지만 누가 시켜주나?"

"장씨가 십장이랑 타협을 보쇼, 그런 눈치를 보입디다."

"십장이? 그럼 얼마루 할까?"

"모두에게 물어봐야죠. 내 생각으론 이팔제 이상은 주지 말아요."

"칼자루 잡은 건 저쪽인데, 그게 맘대루 되는가?"

"이팔제론 어림없을걸. 아무려나 웃개가 훨씬 부드럽지."
하고 나서 목씨가 대위의 성깔을 나무랐다.

"빡빡해봐야 우리 손해라구."

"기껏 뼈빠지게 일해서 남 존 일 시킬 필요 없잖소. 게다가 십장은 초과량을 정량으로 깎아서 또 뜯어갈지도 모르는데……"

"그래도 할 수 없잖은가."

"장씨, 내 시키는 대루 이팔 위론 않겠다구 말해두세요. 그 담에 널름거리면 씨팔 진짜, 즈들 죽구 나 죽는 거야."

"거긴 왜 꾸물거리나."

십장이 궤도차 위에서 뛰어내려 제방 가녘으로 다가왔다. 그는 제방의 왼쪽에서 일을 하는 3함바 사람들에게도 호통을 쳤다.

"물 들어오면 일하다 물귀신 될 참인가들?"

그는 장씨에게로 다가와서 아까부터 굴려지지 않고 얹혀 있던 커다란 돌을 가리켰다.

"이런 건 뒀다가 회쳐 먹으려나. 사람들이 일에 순서가 없어."

낮에 채석장 놈들이 덜 깨어부순 게 잘못이었고, 이런 돌을 미욱하게 실어 보낸 놈들도 잘못이었다. 큰 돌에 대위를 선두로 장씨와 목씨가 매달렸는데 워낙 높다랗게 솟은 돌 틈에 걸려서 꼼짝도 하지 않는다. 십장이 손가락질하며 말했다.

"밑에 돌을 잡아 뽑아. 머리를 써요, 머리를."

"이쪽으로 와서 받쳐주게."

하며 목씨가 돌 아래를 무릎으로 밀었다. 장씨와 대위가 두 팔로 돌을 들었을 때, 목씨는 밑에 걸린 돌을 움직였다. 돌은 두 사람이 밀어대는 힘으로 낮춰진 돌멩이를 타넘고 기우뚱했다. 고통에 찬 비명소리가 들렸고 쿵쿵거리며 돌이 굴러내려갔다. 동혁은 위에서 급작스레 굴러내려오는 돌을 피해서 횃불을 손에 쥔 채 제방을 차며 물 가운데로 몸을 내뻗었다. 돌이 물속에 요란한 소리로 처박히는 소리가 들렸다. 그는 물위에 떠올라 흠뻑 젖은 얼굴을 내리훑었다. 다이마쓰 불이 꺼져서 사방은 코끝도 안 보일 만큼 어두웠다.

"어디 다쳤나?"

"움직일 수 있소?"
하고 떠드는 소리들이 들려왔으므로, 동혁은 자기의 다리와 머리를 만져보고 나서 마주 대답했다.
"말짱합니다."
아무 반응이 없다. 동혁은 온몸을 떨면서 물 밖으로 나와 제방 위로 엉금엉금 기어올라갔다. 물속에 오래 잠겨 있은 탓인지 하반신이 쥐가 난 듯 뻣뻣해져서 자기 살인지도 분간할 수가 없었다. 사람들은 궤도차 주변에 웅성거리며 모여 있었다. 동혁은 춥고 어두워서 폐유깡 뚜껑을 열어 돌바닥 위에 몇 깡통을 쏟아붓고 우선 불을 지폈다. 여러 개의 기름 적신 솜뭉치에서 하나를 골라 다이마쓰를 밝혔을 때, 궤도차가 엔진을 걸고 뒤로 주춤주춤 물러가고 있었다. 동혁은 폐유의 모닥불에서 일어난 그을음을 온몸에 뒤집어쓰면서도 불에 바싹 다가앉아 살을 비벼댔다. 한동이가 불에다 담뱃불을 댕기기 위해 동혁의 옆에 쭈그려앉았다. 그는 불을 쬐는 동혁의 젖은 꼴을 쳐다보고 담배 한 대를 권하며 말했다.
"목씨 아저씨가 다쳤어요."
"사고가 났던가요?"
동혁이 불가를 떠나 일어서려는데 장씨와 대위가 가까이 왔다.

"십장이 도로꼬에 태워 갔네."

"돌에 무릎을 찍혔소."

라고 그들은 말했다. 어둠 속에서 바퀴가 레일에 걸리는 소리와 종소리가 가늘게 들려왔다. 불빛 주변에 모인 사람들의 얼굴이 검붉은 색깔로 일렁거렸다. 먼 마을에서 개가 짖었고 새벽이 가까워진 듯하였다.

2

유충들처럼 모여 일하는 인부들과 길게 뻗은 개펄은 비교할 수도 없을 것 같았다. 그들은 수평선 쪽을 내다보게 되면 애초에 자기들의 일이 무의미하고 어리석은 듯이 여겨졌다. 여하튼 바다는 어느 결엔가 하루하루 메워지고 있었다. 만의 양쪽으로 튀어나온 바위산이 하루에도 수십 번씩 폭파되는 남포와 채석 작업에 평평한 언덕으로 변해갔다.

날일조는 확실히 다른 조보다 작업량이 과중했다. 날일조의 담당은 1번 2번 제방의 안 석축에다 중심 흙받이를 쌓는 일과, 수로가 시작되는 수문 아래부터 그어진 매립선에서 성토하여 해상을 차츰 높여가는 일들이었다. 개펄은 무릎까지 빠지는 진수렁이었고, 해가 독산 등성이에서 떠서 개펄 너머로 지건만

일에 지친 인부들은 언제 일이 끝나는지도 모를 정도로 노역에 시달렸다. 빈혈과 일사병으로 쓰러지는 약골들도 몇 명 생기게 마련이었는데, 간혹 영리한 자들은 창고의 그늘로 가서 십장 몰래 쉬고는 돌아왔다.

하루 온종일을 외바퀴 달구지에 흙삽질을 퍼붓는 일이나, 달구지를 끌어다 개펄 위에 쏟아 다지는 똑같은 작업은 경험 많은 날품 인부들도 못 견딜 정도로 권태로운 일이었다. 하루하루 붉은색의 해안이 길어져갔고 바다는 서쪽으로 조금씩 물러났다. 작업하기가 싫어지는 때가 있었는데, 삽질에 이력이 날 때에 사람이 삽인지 삽이 사람인지도 분간할 수 없을 정도로 되는 경우였다. 잡생각할 틈도 없는 인부들은 온종일 말이 없고 십장이 핏대를 올려가며 혼자서 높은 자리를 다 해먹는 것이었다. 그들은 저녁에 노란색 맘보 딱지를 한 장 받아다가 강서기에게서 부지런히 전표와 바꾸지만 식비로 몽땅 빨리고 남는 게 한 장도 없었다. 3실 사람들이 날일조로 교대되기 훨씬 전에 십장을 통해 신청했던 웃개 일은 일주일이 지났어도 감감 무소식이었다. 사무실에서는 그들의 작업 성과를 그리 신통치 않게 여기는 게 틀림없었다.

날일에 하루내 시달린 저녁은, 심지가 낮은 석유등잔 빛이 비치는 함바의 삭막한 방안과 마찬가지로 어둡고 축 늘어진 분위기였다. 거울을 마주 대하고 앉아 머리 손질에 여념이 없는 종기 한 사람을 빼놓고는 모두가 사지를 뻗고 더러운 군용 누비이불 위에 엎어져 있었다. 동혁은 며칠 전에 이 비서라는 작자와 인사를 텄던 것이다. 처음 보는 동혁을 기죽여놓자는 건지 왕년의 한가락 솜씨를 지루하게 늘어놓았었다. 교활해 보이는 녀석이었다. 고향에서 사고를 치고 떠돌이가 되었다는데, 하루걸러 한 번씩 빈둥빈둥 놀면서 어디 가서 뭘 하다가 저녁 늦게야 술에 만취가 되어서 돌아왔다. 그치는 감독조로 옮길 거라고 말했는데, 대위의 말에 의하면 감독조는 인부들의 적이라는 거였다.

막소주에 취한 장씨가 혼자서 주절대며 주정을 하기 시작했고 거울을 향해 돌아앉아 있던 종기가 신경질을 올렸다.

"왜 이래, 쥐약 잡쉈나? 남 심란하게 흔들어놓지 말구 주무시지."

"좆겉은 새끼들아, 예끼 이 쓰레기만도 못한 새끼들, 모조리 뒈지는 거야. 모조리…… 몽땅!"

"아니 정말 속썩이겠소?"

종기는 머리빗을 내던지고 장씨에게로 고개를 팩 돌렸다. 팔베개를 하고 누운 동혁이 말했다.

"내버려둡시다. 저러다 잠드시겠지."

"낫살이나 먹은 치가 쓴물 켰으면 얌전히 자야지, 주책없이 웬 놈의 주정인가. 술은 혼자 마시구 말이야."

"남의 일 같지 않소. 달랩시다."

판술이가 말했으나 동혁이 눈짓을 하며 말렸다. 바보 같은 헤설픈 웃음소리가 들려서 장씨의 기분이 아주 유쾌한 줄로 알았던 3실 사람들은 그 웃음이 낮은 오열로 바뀌자 잠잠해졌다. 종기까지도 고개를 숙이고 잠자코 장씨의 흔들리는 등을 내려다보았다.

"아이구 울 엄니, 내가 떠나올 때에 객지 나가 고생 말라구 하시더니…… 아이구 울 엄니……"

어쩌고 하면서 장씨의 푸념은 소리를 하듯 구성지게 넘어갔다. 동혁도 오늘밤은 유난히 사지가 무거웠는데 입술 양끝이 갈라지고 딱지가 두텁게 앉았다. 그는 천장을 노려보며 스스로 다짐했다. 희망을 잃지 말자, 세월이 좀먹나, 생각을 말아야지, 하는 식으로 군대에서 수병 모자에 적어두었던 격언들을 머릿속에 떠올렸다. 또는 항상 신경을 날카롭게 곤두세우고 분통이 터지기 직전의 기분을 유지하는 것도 한 방법일 것이었다. 대위라는 사내가 팔팔하게 보이는 것도 그런 이유일 것 같았다. 목씨가 다쳤을 때에도 대위는 사무실측에 직접 따져서 회사가 치료비를 부담해주고 직원 식당의 식사를 제공하겠다는 확답을 얻고야 물러났다. 공사장에는 의무실도 응급실도 없어서 임시 조처로 운지의 제세의원에 입원을 시켰는데, 목씨는 관절뼈가 으스러져 당분간 노동을 하기는 힘들게 된 모양이었다.

"손님들이 왔소. 좀 일어납시다."

하면서 대위가 문을 열었고, 그 뒤에 세 사람이 고개를 들이밀었다. 동혁은 일어나 벽에 걸린 바지를 주섬주섬 꿰었다. 번듯이 드러누웠던 판술이와 한동이, 오가도 기지개를 켜고 일어나 앉았으나, 장씨는 잠잠해져서 낮게 코를 골며 곯아떨어져 있었다. 종기는 아직도 머리 손질에 열중하고 있었는데 문이 열리자 힐끔 돌아보고 나서 한마디 던졌다.

"손님 좋아하는군."

그는 일을 끝내고 함바에 돌아오면 언제나 깨끗이 빨아서 걸어둔 와이셔츠를 걸치고 지냈다. 칼라의 목 닿는 부분이 닳아 터지긴 했어도 종기는 그것을 걸치면 하급 노무자의 때를 벗는 것처럼 보였다. 대위는 종기가 방안에 있는 걸 보자 잠시 망설이는 듯 방문을 잡고 선 채 종기를 바라보았으며, 이마 언저리를 덮은 잔머리털을 뽑고 있던 종기는 거울 속에서 실실 웃고 있었다.

"아따, 왜 그러고 섰수? 손님덜 모시구 왔으면 한잔 살 거 아뇨. 나두 오랜만에 한번 빨아봅시다."

"하여간에……"

대위가 그를 상대하지 않고 뒷전의 손님들에게 말했다.

"들어들 오쇼. 매점에 가봐야 술판들 벌일 텐데, 여기가 낫겠소."

그는 종기 옆에 바싹 붙어앉았고, 뒤를 따라온 사람들도 머뭇거리며 들어와 문가에 자리를 잡고 앉았는데 모두들 얼굴에는 취기가 보이지 않았다. 대위가 작업복의 단추를 풀고 가슴 속에서 노란색의 봉투를 꺼내어 무릎 위에 놓았다.

종기가 이마를 양쪽으로 넓히려는 것은 팔자소관을 고쳐보기 위해서인 듯했으며 누군가 그의 초년 운과 이마 넓이의 관계에 대해서 귀띔을 해준 게 분명했다. 모두들 침묵을 지키며 굳어진 얼굴로 서로를 마주보고 앉아 있었다. 종기가 옆에 앉은 대위에게 말했다.

"어째 술렁술렁하는 게 뭐 존 일 있는 거 같은데…… 요 며칠 새 매일 손님 아냐."

"숙소를 경비실로 옮긴다더니 안 갈 작정인가?"

"아무려나 정든 데가 제집이라구, 나는 5함바에 정이 들어서 말이야. 형이 못마땅하다면 별수없지만, 내 뭐 잘못한 게 있어야지."

대위는 시비조인 종기의 이죽이는 말에도 대답이 없었다. 등잔의 심지에 기름 오르는 소리가 들릴 정도로 방안은 조용했고, 누군가 침을 꿀꺽 삼켰다. 대위가 혼잣말 비슷이 말했다.

"어딜 가나 혼자서만 살려구 남을 꼬나박는 놈들이 있긴 하지만, 끝판에 가선 젤 먼저 망하더군."

종기는 웃기만 했으나, 얼굴빛은 달라져 있었다. 그는 양말을 손바닥 위에 탈탈 털고 나서 발을 끼우고 팽팽히 잡아당겼다. 종기도 지지 않고 한마디 뱉는다.

"거 누굴 빗대구 말하는 모양인걸. 하긴 설치던 놈들도 나중엔 하나같이 노동 뿌로카나 해 처먹더란 말이야."

"사람 나름이지만, 간사한 놈들 땜에 죄 없는 여러 사람이 대우를 잘 못 받고 있거든. 젤 먼저 그런 분자를 제거해야 절차가 빠르고 옳게 되지."

종기가 대위의 빈정거리는 말을 곱씹어보다가 어딘가 마음 한구석에 건드림 받은 바 있었던지, 질린 얼굴로 턱을 치켜들고 대위를 노려보았다.

"그냥 두고 보자니까, 이건 갈수록 태산 아냐? 께름칙한 데가 있으면 솔직히 터놓구 타협적으로 나올 거지, 사람을 앉혀놓구 쪼다를 잡나, 뭐야?"

"타협…… 좋지. 빨리 자리를 좀 피해줬으면 하는데. 우린 의논할 얘기가 있으니까."

"얘기라야 뻔한 거 아냐."

"좋도록 생각해. 알건 모르건 너하군 상관없는 일이야."

"미움 안 받고 적당히 살자는 게 뭐가 나빠? 남에게 못할 짓은 저지르지 않았다구."

"노가다판에 발을 담갔으면 양심이라도 솔직해야 쓰지. 이쪽인가 저쪽인가 확실히 해두는 게 몸에 좋을 거야. 벼르는 사람들이 있을지도 모르잖나."

대위의 말에 종기는 입속으로 쌍말을 씹어대며 분연히 일어났다. 그는 사람들이 둘러앉은 방 한가운데를 성큼 뛰어넘고 문밖으로 나서면서 말했다.

"아무 쪽이든 좆도 참견하고 싶지 않아. 다만 고깝게 대하는 놈들은 똑같이 상대해주겠어. 나두 곤조통이 있던 놈야. 씨팔, 노동판에서 언 놈이 잘났나 두고 보라구."

문짝이 호된 소리로 닫혔으며 등잔불이 펄럭였다가 차츰 곧아져갔다. 대위가 낮게 중얼거렸다.

"드러운 새끼, 저 새낄 맨 먼저 뽀개놔야 해."

소지품 배낭 위에 기대고 앉아 있던 손님 한 사람이 고개를 좌우로 흔들며 말했다.

"자네 너무 노골적으로 나가지 말게. 비서가 앙심을 먹으면 불리하잖은가."

"종기가 내막을 눈치챈 것 같우. 제때 최가나 땜통패들 귀에 들어갈걸."

한동이도 말했지만 대위는 입술 끝에 얹힌 건웃음소리를 냈다.

"제깐 게 불어봤자지. 당분간은 무턱대고 해고시킬 건덕지가 없을 테고, 모가질 잘라봐야 어디 가 일손 놓고 밥 굶을라구. 한판 후딱 벌이구 치워버리는 거야."

대위와 함께 온 사람들은 팔짱을 끼고 묵묵히 생각에 잠겨 있었다. 옆방인 2실 사람이 한 사람, 또다른 두 사람은 5함바의 고참 인부들이었다. 대위는 날일조로 교대된 이튿날부터 저녁마다 각 함바의 믿을 만한 고참들을 찾아다니며 설득하느라고 분주했던 것이다. 처음에 그들은 대위를 회사측에서 보낸 떡밥이 아닌가 하여 믿질 않았으나, 차츰 그의 충실한 열성에 납득을 한 것 같았다. 각 함바의 몇몇 방에서는 이미 뒷전에서 날품들의 서명을 받는 일이 은밀하게 시작되고 있었다. 노임 인상에 관한 요구사항이 적힌 건의서 밑에 함바의 순서대로 서명만 하면 되는 일이라 그들은 별로 주저함이 없었다. 그러나 사실은 서명을 받아 모은 다음에 그것을 근거로 쟁의를 일으키려는 계획이 대위와 고참 인부들을 중심으로 미리 짜여지고 있었다. 속임수라고 반대하는 3함바 고참의 주장은 이곳 인부들의 애로사항이나 알릴 겸, 일단 본사와 도청에 경고하는 뜻으로 건의서를 내는 데서 그치자는 것이었다. 동혁의 생각으로는 건의서를 본사에 보내는 경우엔 다시 현장사무소로 되돌려져 인부들 의견과 접해보라는 소극적인 대답이 고작일 테고, 따라서 서명자의 이름이 원활한 건설 행정에 지장을 주는 대상 분자로서 찍히는, 불리한 결과밖엔 남는 게 없을 것이었다. 또한 도청에 보낸다면 관이란 게 워낙 느림보에다 노사 분쟁 같은 사건에는 되도록 개입을 꺼리는 편이니까 미결 서류함이나 보류철에 끼워 썩을 테니 그야말로 벽에다 달걀 던지는 격이 될 거였다. 대위 역시 동혁의 사려 깊은 의견에 동의했다. 워낙에 닳아빠진 떨거지 인생들이 어느 결에 요령은 터득해가지고 남의 장단에 춤추며 손해보기는 싫다는 판국인지라 쟁의를 선동할 때에는 일단 속임수가 필요하고 그들을 억지로라도 가담하게 해야 한다는 주장이었다. 그들 주동자들은 건의서와 연서장을 배짱으로 사무실측에 직접 통고함과 동시에 파업으로 들어갈 테니까, 서명을 한 날품 인부들은 어차피 찍히는 몸이 될 테고 주저하다가도 막상 일이 터지면 관철시키기 위해 행동을 함께할 것이 뻔했다.

해변을 스쳐 올라오는 바람결에 섞여 먼 하늘 속의 천둥 치는 소리가 들려왔다. 방안에서 듣는 천둥소리는 거대한 징 소리가 아주 섬세한 밀도로서 퍼지다가 사라지는 것 같았다. 동혁은 머리를 기울이고 다소곳이 듣고 있다가 말했다.

"비가 올 거 같습니다. 우리 일이 쉬워지겠군요."

"어째 거긴 비를 기다리슈?"

한동이가 물었고, 판술이도 혀를 찼다.

"무슨 말이오, 비가 오면 모두 망하는 판국인데. 일두 공을 치지, 매점이 문을 닫으니 담배 한 대 술 한잔을 마실 수 있나, 빚만 자꾸 늘어가구 말요."

"비가 와야 해요. 한 사나흘 좍좍."

동혁은 봉투에서 건의서를 꺼내어 대충 읽고, 그 뒷장의 빈 칸들을 채우고 있는 인부들의 연서를 하나씩 짚어보았다. 그는 대위에게 물었다.

"오늘 여섯 사람 늘었으니 모두 스물여덟 명이 서명했군. 1함바와 2함바 사람들은 의향이 어떻습디까?"

"아직 우리를 믿지 않고 있어요. 전번 일 때문인데, 당분간 그대로 내버려둘 작정이오."

"감독조 애들이 횡포를 부릴수록 우린 이로워요. 비서를 통해 저쪽 놈들을 슬슬 자극시켜놓는 것두 좋겠지. 우리들 중 누군가를 묵사발 만들어주면 더욱 고맙고."

"쟁의를 일으킬 시기는 서명을 반수 이상 받은 다음이 좋지 않겠소?"

라는 대위의 말에 동혁은 볼펜을 눌러 간간이 소리를 내며 생각에 잠겼다가 얘기했다.

"우리가 서명을 받는 건 동조해줄 사람들을 끌기 위한 명분에 지나지 않겠죠. 그건 일을 터뜨린 다음부터 효력이 있는 거요. 시기가 일에 맞아떨어지는 수도 있고, 우리가 적당한 시기를 잡아내는 수도 있지만 억지로 하면 실패하고 말 겁니다."

"더이상 질질 끌기만 하다가는 저쪽에 해고시킬 이유와 기회만을 주게 될 텐데."

"고집만 가지곤 안 됩니다. 오늘밤부터라도 비가 와주면 척척 맞아들어갈 거요."

"비가 오면?"

"첫째는 발품 인부들의 빚이 늘어날 테니, 일기가 개일 때쯤엔 불평불만이 그만큼 더 커질 거요. 둘째, 회사측의 작업 계획량이 밀려서 웃개를 시키지 않을 수가 없게 되지. 셋째, 웃개를 하게 되면 목돈이 들어옵니다."

한동이가 동혁의 말을 가로챘다.

"누가 현금을 맘대루 만지게 하는 줄 아슈? 작업량만큼 맘보 한 장이 나오면 바꿔봐야 고작 개인 전표뿐이오."

"장사꾼이 있잖아요?"

"그렇지, 강서기가 있었군그래."
하며 대위는 스스로의 이마를 두드렸다.

"그치는 자기 장삿속만 생각할 테니까, 가격만 적당히 붙여주면, 열나게 사들일 거야."

"따라서 쟁의 기간 동안의 자금이 확보되는 셈이죠. 간조 날이 어디 인부들 돈 만져보는 날입니까? 서기와 십장들이 외상값 수금하는 날이지…… 기회는 연달은 웃개 일을 하고 난 며칠 안쪽입니다."

동혁의 조리 정연한 말을 듣고 대위의 침울했던 얼굴은 금방 밝아진 것 같았다. 인부들은 현금을 손에 쥐면 비록 보잘것없는 금액에도 믿는 배포가 생길 것이며 빚을 갚고 싶은 자는 한 사람도 없을 게 분명했다. 핑계 김에 쟁의에 참가할 것이다. 빚이 많다손 치더라도 일이 성사되어 노임이 오르면 보다 손쉬운 방법으로 자연히 갚게 되리라 믿을 것이었다. 그는 머리를 끄덕였다.

"이씨 생각이 옳군."

"누구든 얼마간의 현금이 모이면 어쩐지 앞날에 희망이 있어 보일 겁니다."

2실 사람이 자신 없는 투로 중얼댔다.

"글쎄, 워낙에 별별 사람들이 다 모였으니 단결이 쉽게 될까 모르겠소."

"우리들 가운데 아무나 본보기로 피를 본다면…… 더욱 쉽죠. 여기처럼 조직이 없는 공사판에선 개인적인 감정이 중요할 거 같아요."

하고 나서 동혁은 약간 흥분한 어조로 덧붙였다.

"모두 밟히고 있다는 걸, 당하는 사람이 직접 보여주는 겁니다."

"좌우간 한판 벌일 수 있다면 나는 개피를 봐도 좋소."

대위가 들뜬 음성으로 말했다. 묵묵히 듣기만 하던 3함바 고참 인부 중의 하나가 입을 열었다.

"기간은?"

"요구조건만 들어준다면야…… 닷새를 못 넘길 거요. 감독조 새끼들을 사그리 쓸어버려야겠어."

"폭동으로 변해선 안 됩니다."

동혁이 말했다.

"개선을 위해 쟁의를 해야지, 원수 갚는 심정으로 벌이다간 끝이 없어요."

이러한 동혁의 말투는 오랫동안 노가다판에서 분쟁을 겪어 선택의 감각이 예민해진 고참 인부의 말처럼 들렸다. 그러나 그것은 단순히 그의 성격일 따름이었다. 그는 대위처럼 스스로

가 사건을 만들고 추진해나가는 편이라기보다 차라리 결정적인 영향을 주는 성품을 가진 것 같았다. 대위는 무턱대고 밀고 나가는 성질이어서 인부들을 선동하고 일을 벌여놓기엔 적합할지 모르지만 일단 터진 뒤에는 어중이떠중이가 모인 인부들의 뜻을 하나로 모을 소질이 별로 없어 보였다. 대위는 고지식하고 다혈질인 반면에 동혁은 성격상으로 용의주도하고 조직에 대한 이해가 빨랐다고나 할 수 있을 것이었다. 동혁이 잇따라 말했다.

"방법은 파업으로 충분합니다."

대위가 언성을 높였다.

"순진한 생각 마쇼. 현지 인부들은 노임만 조금 더 준다 해도 새카맣게 모여들 거야. 농번기라도 매일 들에 나가는 건 아니거든. 일 없는 날엔 여기 와서 어슬렁거릴 수가 있을 테니 말이오. 게다가 공사란 게 농토를 넓혀주는 일 아닌가? 우리네야 좆도 땅뙈기 한 뼘 돌아올 게 없지만. 그러니, 일으키면 내친김에 아예 사무실을 점령하는 거요."

"회사측에서 워낙 노임을 짜게 잡았으니 그렇지 우리가 이로운 공살 하구 있는 건 사실이오. 허나 현지 인부들도 노임이 워낙 형편없다고 일손을 놓아버리고 있는 실정입니다. 그 사람들이야 일거리가 생기면 하는 것뿐이지 우리처럼 목구멍에 걸린 게 아니란 말요. 우리가 파업에 들어가면 그동안 모내기나 슬슬 따라다니든지 밭에 김이나 매러 다니며 노임이 오를 꿈이나 꾸면 되는 겁니다. 두고 보쇼, 틀림없이 그 사람들 중립을 지키면 지켰지 일부러 작업하런 안 나올 거요."

2실 사람도 동혁의 말에 찬성했다.

"사실 그렇소. 우리네도 소싯적에 흙 파먹고 살다가 손 털구 객지로 나선지라 잘 알지. 농사꾼이란 게 겉보긴 멍청해도 사람들이 의심이 많구 사리판단이 조심스럽수다. 여기서 쟁의가 나면 이씨 말대루 아마 그날부터 얼굴도 안 비칠 겁니다."

대위가 말했다.

"1함바는 우리 5함바에서 맡을 거니까, 그쪽 3함바 한 분이 2함바 사람들이랑 타협을 보쇼. 그래, 아주 날짜를 잡아놓읍시다."

"저쪽 10함바까지의 다섯 채는 어떻게 할 작정요?"

"끌어들여야죠. 웃개 하게 되는 첫날 가서 미리 알려줍시다."

"우린 그만 가겠소."

"매점에서 한번 더 모이기로 하고…… 자꾸 5함바로 모이면 낌새를 알아챌지도 모르겠소."

손님 세 사람은 자리를 털고 일어났다. 맨 먼저 밖으로 나섰던 사람이 목덜미를 움츠리고 손바닥을 내밀어보며 말했다.

"어라, 한 방울 떨어졌어. 틀림없이 비가 오겠군."

바다 위의 하늘 속에서 번개가 번쩍였고, 투정하는 아이의 볼멘소리같이 천둥이 울었다. 바람이 세차게 불어오고 있었다. 한동이가 대위에게 말했다.

"잊고 있었수. 목씨 저녁밥은 누가 갖다줬지요?"

"새로 온 아이 어디 갔어? 식사를 갖다줄 차렌데."

"보나마나 그 녀석은 매점에 있을걸. 술 내기 쪼이나 붙겠지."

판술이가 말했고, 한동이는 걱정이 되는 모양이었다. 목씨가 운지로 가기 전에 그들 두 사람은 삼촌과 조카 사이라도 되는 것처럼 붙어살았던 것이다.

"늦게 가면 직원 식당 놈들이 목씨 밥을 안 남겨놔요."

"형은 운지 나갈 일 없소?"

"글쎄 한번 나가볼까…… 이씨, 같이 안 나가랴오?"

"그럴까요. 목씨 뵌 지도 오랬으니 함께 나갑시다."

동혁은 대위를 따라 일어섰다. 장씨가 억지로 먹인 소주 한 잔에 취해서 벽을 향해 잠들었던 벙어리 오가는 눈을 비비며 일어나 앉았다. 그는 판술이와 같은 고향 사람이었고 둘의 우정은 대단해 보였는데 오가는 판술이보다 훨씬 착실하고 속셈이 깊어 보였다. 대위가 잠 깬 오가에게 고개를 끄덕여 보이고 손짓으로 문 반대쪽을 먼 느낌이 가도록 가리켰다. 그리고 네모진 모양을 그려 보였다. 판술이가 옆에서 참견을 했다.

"운지, 운지에 나가는데…… 너 편지 부탁했던 거 달라 그 말이야."

오가는 무릎걸음을 해 오더니 가슴에서 편지봉투를 꺼내어 내밀었다. 두 사람은 같이 끄덕이고 웃는다. 대위가 봉투를 앞뒤로 뒤적여보며 말했다.

"판술이 너, 개발새발 잘도 그려놨구나. 오인순이라……"

"이씨가 담부터 대필 좀 하쇼."

판술이가 말했다. 한동이가 동혁에게만 들릴 정도로 목소리를 낮추어 넌지시 일렀다.

"누이동생이 식모를 산다는데, 오라비 생각을 무던히 한다데요."

오가는 벗어 건 작업복 윗도리에서 꽁꽁 뭉친 손수건을 꺼냈다. 옹쳐매고 또 맸던 매듭을 풀어헤치자 오래 간직해서 헌 털뱅이가 되어버린 현금이 꼬깃꼬깃 뭉친 채 떨어졌다. 오가의 비상금인 모양인데 돈 천원은 될 성싶었다. 한동이가 깜짝 놀라서 돈 가까이 머리를 처박으며 소리쳤다.

"야, 이 친구 돈 되게 많은데, 이거 어서 났을까?"

"왜 생각 있어? 빚은 져두 비상금만은 요 모양으루 꼬불치자 이거지. 머리 쓰는 게 우리네 위야."

대위는 오가가 집어주는 나들나들한 십원짜리 한 장을 편지와 함께 받아 넣었다. 함바를 나와 언덕을 내려가다가 대위가 동혁에게 불쑥 말했다.

"식모살이가 아닌 모양입디다."

"뭐가요……"

"벙어리의 누이 말이오. 전번에 판술이가 술좌석에서 주절거리는 걸 우연히 들었소. 거길 판대."

"팔다니."

"똥치라니까. 쏭쏭으로 몇 푼씩 모았다가, 객지에 오라비 고기라두 사 먹어보라구 보내는 모양인걸. 답답한 얘기지."

"온 세상이 갈보인데요 뭘."

그들이 사무실 옆길을 지나고 있을 때, 빗방울이 후드득거리며 떨어져내리기 시작했다.

베어 넘기지 않고 남겨둔 아카시아 숲 사이로 직원 식당의 불빛이 환하게 비쳐왔다. 불빛을 향해 걸으면서 동혁이 대위에게 물었다.

"장가는…… 드셨소?"

"누구, 나요? 건 왜 물으시지?"

"군에 있을 때 보니까 중사급들은 거의가 영외거주를 하던데요.”

“군바리 살림이 오죽했겠소. 전출 다니다가 세월 다 보냈지.”

나뭇잎 위에 떨어지는 빗방울 소리와 나뭇가지 흔들리는 소리가 좌우에 가득차 있었다. 대위가 픽 하고 웃었다.

“끝에 술집 강아지라두 한 마리 얻어걸리면 적당히 꿰차구 살았소.”

대위는 더이상 입을 열 눈치가 아니었다. 동혁은 자기가 공연한 말을 꺼낸 것 같아 미안한 마음이 들었다.

식당 문은 좌우로 활짝 열어젖혀져 있었으며 식탁 위에 걸상들을 올려놓고 두 사내가 청소를 하는 중이었다. 그들은 바께쓰에 물을 퍼다가 바닥에 쏟고 있었다. 식당 정면 벽에 식사 시간표가 붙어 있었고 ‘건설은 국력의 상징이다’라든가 ‘아세아 산업의 건설 실적표’ ‘인위적 자연을 제2의 천성으로……’라고 쓴 종이들이 붙어 있었다. 물을 붓던 사내가 빈 바께쓰를 요란한 소리로 내던졌고, 다른 자는 모두 벗어붙이고 시멘트 바닥을 솔로 닦아냈다. 그들은 일하는 즐거움을 만끽하고 있는 듯이 보였다. 동혁이 말을 건네자 두 사람 중의 하나가 완전히 기분 잡쳤다는 얼굴을 했다.

“뭐야 도대체, 나라님의 수라상인 줄 알아 이거? 식사 때가 언젠데……"

"작업이 늦어져서요."

"반찬은 아마 없을 거요. 나물이나 얹어줄 테니 되겠소?"

그가 주방에 대고 환자밥, 이라고 소리치자 아직도 앞치마를 풀지 못한 사람이 밥그릇 위에 신문지를 덮어 내주며 변명하듯 말했다.

"보다시피 바빠서 말이오. 지금 대청소중이오."

"늦어서 안됐음다."

"애놈들이 환경 정리 한다는 걸 뻔히 알면서 몽땅 뺑소니를 쳤으니, 이 지경이라오."

대위가 물었다.

"환경 정리라뇨?"

"소장이 예비 시찰인가 지랄인가를 돈다구 법석이죠."

"누가 오는 모양이군요."

"다음주에 국회에서 답사를 온대요."

두 사람은 식당 부근의 아카시아 숲 사잇길을 지나 강을 따라서 이어진 자갈길 위로 들어섰다. 가늘게 떨어지던 빗줄기가 제법 굵어지고 있었다. 앞서 걷고 있던 대위가 걸음을 멈춰 동혁이 나란히 오기를 기다리고 나서 말을 꺼냈다.

"들었어요? 국회의원들이 온다는걸."

"네, 그렇지만 정확한 날짜는 아직 모르잖아요. 또 연기될지도 알 수 없구요. 높은 사람들 일은 예측할 수 없습니다."

"날짜를 알아내는 건 쉽죠. 한 사나흘 전에 터뜨려놓구 버팁시다. 좋은 기회요."

양봉택이는 제 몫의 바둑돌을 다 잃고 나서 담요 밑에 깔아두었던 여분의 전표를 투전판에 내던졌다.

"제길, 벌써 여섯 장 꼬라박았다."

종기 못지않게 긁어모은 봉택의 아우가 자기 전표를 궁둥이 밑에 깊숙이 찔러넣으며 짓궂게 웃었다. 그는 왼쪽 팔의 알통 옆에 일심一心이라는 푸른 문신을 새겼는데 삼두박근이 팽팽한 게 기운깨나 쓸 성싶었다.

"열 장만 날리구 손 터시구랴."

"새꺄, 열 장이 뉘 집 똥개 이름인 줄 알아. 인부들 열흘 목숨야, 열흘."

봉택은 오늘따라 끗발이 센 비서 녀석과 아우 놈이 못마땅했다. 그는 팬츠 바람에 코르덴 모자만을 머리 뒤로 제껴 쓰고 패를 노려보기에 여념이 없었으며, 종기는 연달아 끗발을 올려 긁어모았는지 구겨진 전표를 추리고 있었다.

해변에 자리잡은 경비실의 길쭉한 바라크 건물은 통째로 날아갈 듯이 뒤흔들렸고 폭우가 함석지붕을 줄기차게 두드리며 퍼부었다. 나무 문짝이 거센 바닷바람에 덜컹대고 있었으며 바다 쪽으로 면한 창문에서 들이치는 비바람에 실내의 마룻바닥은 반나마 젖어 있었다. 좌우로 대용 유리를 댄 겹창이 틔어 있는데 비바람을 막기 위해 군용 판초를 쳐놓았다. 빗발이 들이치지 않는 정면 벽 쪽에 여러 개의 나무 침대를 바짝 이어놓고 네 사람이 모여 앉아 섰다에 골몰하고 있었다. 벌거숭이 젖은 가슴들이 의자 위에 놓인 대형 랜턴에 비쳐 번들거렸다. 일심의 문신을 가진 자가 전표 위에 침을 퉤퉤 뱉고 나서 말했다.

"구찌 좀더 틉시다요, 형님. 겨우 두 구찌 갖구선 목구멍에 날림 쑤실 자리두 없겠수. 감독 그치 너무 짜다구요."

"나두 세 구찌밖에 못 받았어. 당분간 참는 거야."

"지난번 울산서는 말유, 쩨쩨하게 전표 꼽사리 같은 건 안 붙었다구. 진짜 깜상 형은 가오 세웠지요."

"나두 조건이 좋았으니까 청부 붙은 거야. 내가 느들더러 깜상한테서 떨어지라구 불렀을 땐 채산이 수수했으니까 그랬을 거 아냐?"

"저쪽 작은형네 10함바 편이 훨씬 좋겠던데. 북새통 쑤셔갖구 먼저 한탕 쳤대요."

"그 새끼두 나한테 헛바퀴 돌리면 청부는 다 해 처먹었다.

그때 모두 몇 명이 붙었어?"

"여덟이우. 경기 좋았지 씨팔. 깜상 형이 입찰판에서 쓸던 솜씨에 배짱 꼴리는 대루 업자들이랑 놀았소. 쇠보다두 장물이 좋았다구요."

"야꾸샤가 도둑질하게 됐어 이거? 현금을 먹어야지 새꺄."

"어디 현금이 보여야 먹든가 잡숫든가 하잖우."

봉택은 공사판에 나온 이래로 차츰 자신을 잃어가고 있었는데, 자기가 옛날 같은 배짱을 부릴 수가 없게 되었다는 사실을 아우들이 눈치채고 있다는 것 때문에 더욱 그러했다. 그는 맥 풀린 어조로 심드렁하게 뇌까렸다.

"깜상이 요새는 업자들한테 좀 팔린 모양야."

"면상 넓어졌지. 그 형은 이젠 이따위 벽지엔 안 와요."

"빌빌 싸던 쑈리가…… 내 제주도 가서 콱 문드러지는 동안에 용 됐지."

그들 감독조는 각 십장들이 임의로 배당해준 작업조의 유령 번호로써 매일 공짜 전표를 타내는 것이었다. 그러나 전표는 그들의 수당에 불과했다. 그들은 감독과 서기들의 묵인 아래 두어 개씩의 유령 번호를 맡을 수가 있었고, 결과적으로 그들의 일을 누군가가 대신 해주고 있는 것이다. 아홉 사람이 일한 작업이면 노임 대장에는 열이나 열한 사람으로 되어 있는 식이었다. 공사장 주변에선 널리 알려진 사실이지만, 착공할 때부터 노무자 간부급들은 유능한 주먹들을 날품 인부들의 압력 세력으로서 데려오는 것이 상례였다. 그들은 치안유지를 맡는다는 구실로 공사판을 전전하는 동안에 건설회사 현장요원들의 입에 오르내리게 되는 것이었다. 쟁의가 일어났을 때, 솜씨 좋게 진압한다거나 타협을 붙여먹는 등으로 그들의 실적에 따라 관록이 붙어가게 마련이었다. 봉택이네 땜통파는 아직 급이 낮은 편이었다. 봉택이는 피어오르는 담배 연기 때문에 한쪽 눈살을 잔뜩 찌푸리고 호기 있게 아우의 등을 두드렸다.

"느들, 술값은 만지게 해줄 테니깐 쐬 걱정은 하지 마라."

"기한 끝날 때 공평하게나 분빠이해주쇼."

"물론이구, 또 있어. 날씨가 이 지경인데 도급 안 시키겠냐? 작업 감사는 엄연히 우리 권한이다. 깎아먹는 거야."

"눈치가 이상합디다."

하면서 종기가 넌지시 말을 꺼냈다.

"5함바 말요. 짐작하시는 줄 알았는데."

"개들 시초부터 아예 싹수가 글러먹었다면서?"

"대위라는 병신 새끼가 겁없이 설쳐요. 인부들을 들쑤시고 다니는 모양이오. 좀 밟아놔야겠습디다."

"나두 강서기한테 귀띔을 받았다구. 전번에 다친 사람을 입원시키라며 직원들이랑 입씨름했다는 새끼지? 키가 크고 삐쩍 마른……"

"그 새낄 언제 날 받아놓고 반쯤 죽입시다."

다른 자가 흥분해서 뇌까렸고 봉택이는 침착하게 말했다.

"아냐, 당분간 그냥 두는 거야."

종기는 대위의 얼굴을 머릿속에 떠올리자 분통이 터져서 견딜 수가 없었다. 그는 참견할 일거리만 생기면 젠체하며 나서는 대위가 어쩐지 알미웠다. 노가다판에 와서 제가 무슨 상전 노릇이라도 해먹겠다는 건지 남을 이래라저래라 하는 게 돼먹질 않은 것이다. 그리고 종기는 대위의 옆에 붙어다니는 동혁이란 곱슬머리의 신참자도 어쩐지 자기 체질에 맞지 않는다고 느껴왔다. 쥐뿔도 모르는 것들이 유식한 척하며 어울리지 않는 논설이나 풀어놓는 게 못마땅했었다. 봉택이가 말했다.

"뒀다가 어느 날 감쪽같이 말이야, 타관에서 혈기 부리면 어떤 꼴이 되는갈 보여줘야지. 바닷속에 처박은들 언 놈이 알아나 줄 거냐? 야, 말두 마라. 내 제주도 가서 밟힌 생각 하면 치가 떨린다. 정말 독불장군 따루 없더라."

평소부터 봉택에게 기어오르기를 잘하는 일심이 비웃음이 깃들인 어조로 말했다.

"미련하니까 딸려 들어가지, 왜 잡히우? 제주도 아니라 호텔두 그렇지."

"새끼 너두 정신 들 날 멀었다구. 발은 언제 씻나? 그때 나는 얌전하게 맘잡구 서독 광부로나 가볼까 하던 참이었다. 폭행으루 피아노 네댓 번 찍었지만 짭깐에는 한 번두 안 갔어."

"형은 매일 맘잡는다구 입으로만 그랬잖우. 누군 안 잡아본 놈 있나? 세상이 알아줘얄 말이지."

"발 씻었다구 쌔리들한테 턱까지 썼단 말이야. 요놈의 새끼들이 폭력배 명단에 감쪽같이 올려논 걸 몰랐거든. 저녁 먹는데 찾아와선 잠깐만 같이 가자는데야 안 따라나설 재간이 있나. 직업두 없었겠다, 그날루 국토건설단에 직통 들어갔지. 누가 알았나, 새카만 아래뻘 아이들이 줘깨구 날른 걸 몰랐지. 내다 덮어썼다구. 바가지를 써두 오뉴월 구데기 바가지를 옴팡 뒤집어쓴 거다. 서독 광부? 꼴좋게 됐지. 짜부들의 똥물을 뒤집어쓰구 제주도 앞바다에 폭 가라앉은 거야."

"육지루 토껴버리지……"

"도망가? 어디루 가, 새꺄. 누구든지 우리 시퍼런 단복이랑 모자를 보구 알아채구선 신고할 텐데. 후리가리에 걸려든 건 나같이 맘잡은 아니께가 고작이구 거진 다 똘마니들뿐야. 하여간 오가지 잡놈들이 팔도 각처에서 모였는데 말이야. 나 혼자서 두 번이나 토꼈다가 한번은 성산포 부근에서 뱃놈들한테 걸리구, 또 한번은 귤밭에 이틀 꼬박 숨었다가 부산 가는 배터까지 나갔더랬다. 잡혀서 구대장 새끼한테 완전히 묵사발 됐지. 내가 이 벙거지를 노냥 쓰구 다니는 걸…… 비서 너 보면 놀랄 거다."

봉택은 랜턴 가까이 머리를 디밀고 코르덴 모자를 벗었다. 뒤통수에 손바닥만한 화상이 번져 있었는데 살이 일그러졌고 머리털이 듬성듬성한 게 과히 보기 좋은 꼴은 아니었다.

"야간에 패권 다툼 하다가 발각돼서 끓는 물을 뒤집어썼다. 구대장 새끼, 호텔 출신인데 성질이 개차반이었거든."

일심이 팔근육을 부풀렸다가 주먹으로 손바닥을 치면서 말했다.

"나 같으면 그런 걸 그냥 둬? 콱 쑤시구 말지."

"야, 나두 독하게 맘먹었다구. 옘병할 지랄 같은 놈의 세상, 거슬리면 모조리 때려잡는 거야. 내 무슨 면목으로 집 동넬 돌아가냐? 공사판 일거리를 잘 잡았지."

문이 활짝 열리며 판초를 뒤집어쓴 사람 하나가 뛰어들어왔다. 밖에서는 폭우가 쏟아지는 모양이었다. 뇌성이 요란했고 번개가 온 하늘을 태울 듯이 번쩍이고 있었다. 최십장이 얼굴을 타고 흘러내린 빗물을 훑어내리면서 판초를 벗어던졌다. 그는 번들거리는 눈망울을 더욱 크게 뜨고 방안의 사람들을 살펴

보다가 물이 가득찬 장화를 철버덕거리며 봉택이 곁으로 다가왔다.

"재미들 좋소?"

"안 그래도…… 잘 만났시다. 이렇게 조건이 엉망인 일판은 첨 겪었어. 전표 꼽사리나 바라구 어디 밥술 먹겠소? 구찌 좀 틉시다. 용돈 얻어 쓰게."

"괜히 또 엄살 피우는군."

"웃개 나오면 좀 깎읍시다."

"내놓고 해먹긴 곤란할걸. 요새는 인부들도 많이 깼다구."

"최십장 험 안 든게 후리면 될 거 아뇨? 책임은 우리가 진다구."

"그야 뭐 감독께서 어련히 선처하실 텐데."

"다른 십장들도 다 찬성을 했소. 노골적으루, 우리 없으면 말썽 많아 웃개 띠기도 못해 잡수실걸."

최십장은 상대편이 은근히 협박조로 나오는 것 같아 배포가 심히 뒤틀렸다. 자기로 말하면 이런 따위 애송이들과는 비교가 안 될 만큼 쓴맛 신맛 다 본 노장 아닌가. 비록 늙어 힘꼴이야 쇠했다고는 하지만 아직도 쌩쌩한 노가다 곤조가 남아 있었다. 그는 봉택이의 딱 바라진 어깨를 대견하다는 듯 어루만지며 말했다.

"나는 산전수전 다 겪은 사람이오. 노가다 물 먹은 게 벌써 반평생인데, 세상엔 무선 게 많시다."

"최십장이 우린 젤 무섭소."

봉택은 입술 사이로 바람 터져나오는 듯한 웃음을 터뜨렸다. 그는 웃음을 그치자마자 표독한 눈초리로 애꿎은 아우에게 성깔을 부렸다.

"이 머저리 같은 새끼들. 땜통네 체면이 있지, 어떤 지랄 하구 다녔길래 시세가 폭락이야? 일광대를 못 올라봤지? 맛 좀 봬줄까. 옆에다 꾸정물 한 바께쓰를 놓구 철사로 줘터지면서 한번 마셔볼래. 죽느니만 못하다구. 옛날엔 계통이 무서웠지만, 니들은 몰라."

최십장은 난처한 빛이 되어 담배 한 대를 붙여 물었다. 그는 자꾸 바깥을 내다보며 서성이다가 종기의 옆에 털썩 주저앉았다. 그는 혼잣말 비슷하게 들으라는 듯 뇌까렸다.

"내 솔직히 말해서 여태 따라지 잡아본 적이 없는데, 최소한 족보는 잡았지."

"그럼 우리 식구는 망통만 잡았단 말이오? 괜히 가오 빛내지 마슈."

하며 봉택이는 넉살 좋게 물고늘어졌다.

"좀 같이 삽시다. 웃개 벌이면 덤을 줄 거요, 안 줄 거요?"

“젠장 한 개씩만 떼슈. 저쪽에서 원하는 게 이팔제니까 나하구 반반이오.”

“어떤 골 빈 십장이 겨우 이팔제로 떨어지겠수? 최소한 삼칠은 되겠지.”

“아니 사실인걸.”

하며 능치고 나서 최십장은 종기의 팔을 은근히 잡아끌며 불빛 언저리에서 벗어나 구석으로 데려갔다. 최십장이 속삭였다.

“자네 아나? 국회의원들이 내주에 여길 온다네.”

“본사에서도 내려오겠군요.”

“서명 받고 있단 소문 못 들었나?”

“무슨 쑥덕공론들이 있는 게 분명합니다.”

“주동자 몇 명만 알아내라는 걸세.”

두 사람은 잠깐 말을 끊었다가, 최십장이 계속해서 속삭였다.

“저치들을 부추겨서 몇 놈을 반쯤 죽여 쫓아버리자구. 곧이곧대로 회사측에서 시키느니보다는 자연스럽게 싸움을 붙이는 게 훨씬 낫지. 뒤에 가서 시끄런 일이 없을 테니까.”

종기가 말했다.

“젤 먼저 대위를 찍어야 합니다.”

석교를 건너자마자 초가지붕의 꼴을 벗지 못한 주점과 점포들이 잇따라 나타났다. 대위와 동혁은 비가 와서 더욱 낯설어 뵈는 읍내의 중심가로 들어갔다. 운지 읍내의 중심가엔 그들이 사볼 엄두도 못 낼 갖가지 상품들을 가득히 벌여놓은 잡화상이 이곳저곳에 보였다. 여러 색깔로 포장된 식료품들, 스웨터, 잠바, 전기용품, 접시, 찻잔…… 동혁은 어느 가게 앞에서 발을 멈췄다.

"야, 벌써 나왔구나."

그들은 줄기차게 내리는 비에 흠빡 젖어 후줄근한 모습으로 유리문 앞에 서 있었다. 창 너머 환한 불빛 아래 가공해놓은 듯한 과일들이 열 지어 놓여 있었다. 물이 흘러내리는 얼룩진 유리를 통해 여러 가지 색깔의 신선한 과일들이 들여다보였다.

"봐요, 참외가 나왔단 말이오."

"세월 빠르군."

창틈으로 설익은 풋과일의 향기가 스며나와 노역에 찌든 두 사람의 메마른 후각을 건드리는 것만 같았다. 향기는 마치 아득하게 잊었던 날의 기억에 연관되어 그들이 비에 흠씬 젖은 것과 똑같은 만큼 그들을 적셔주는 것처럼 느껴졌다. 귀심歸心은 화살과 같다던가. 동혁은 화끈한 감각이 눈시울을 덮는 것을 느끼고, 얼굴을 치켜들어 기분이 나아지기를 기다렸다. 동혁의 하는 양을 지켜보던 대위가 말했다.

"객지생활 초년이라 그렇소. 하긴, 나두 환절기마다 어쩐지 육실하게 썰렁해지긴 합디다마는."

그들은 청과 상회 앞을 지나쳤다. 이번에는 대위가 동혁의 팔소매를 잡았다. 그는 분홍색의 엷게 비치는 여자 잠옷을 가리켰다.

"저 봐! 잠옷 좀 보시오. 기가 막히군. 저걸 감구 잠이 올까 모르겠는데."

비록 초라한 진열장의 옷걸이에 걸려 있었으나 가슴 부근에 수놓인 국화 무늬와 레이스가 달린 잠옷은 금방 날아갈 듯 아름다웠다. 대위는 어깨를 움츠리고 젖은 머리를 털며 부르르 떨고 나서 잠옷을 지나쳐버렸다.

"세상에 자기집이 있는 게 제일 좋은 거야."

그들은 붉은색 외등이 켜진 커다란 한옥의 솟을대문 앞을 지나갔다. 읍내의 유일한 요릿집인 모양인데 재건복을 입은 관리라든가 지방 유지들로 보이는 양복쟁이들이 문 앞에서 배웅 나온 작부들과 희롱하고 있었다. 여자들의 풍만한 한복의 고운 색깔과 양산의 요란한 무늬들이 빗줄기 속에 아른거렸다.

"뭘 보슈. 빨리 갑시다."

동혁이 멈춰 선 대위를 잡아당겼다. 돌계단 위에 퍼질러앉아 먹은 것들을 온통 토해내는 자도 있었다. 선술집, 시계포,

다방, 그리고 무선사에서는 스피커를 통해 유행가가 흘러나왔다. 두 사람은 흙탕물을 피하지 않고 철벅철벅 밟으며 걸어갔다. 그들은 묘한 감회 때문에 서로 내색을 않으려 하고 있었으나, 이런 마을이 자기들을 황량한 공사판의 흙벽 속으로 밀어처넣었던 게 아닌가 하는 착각에 사로잡혀 있었다. 그들이 마을의 찬란한 진열창 속을 넘겨다보았을 때, 거기 비쳐왔던 것은 손에 넣을 수 없는 상품들 위로 비치던 자신들의 젖은 꼬락서니였었다. 그 희미한 윤곽은 잠옷 위로, 색깔들 위로, 가구나 찻잔들 위로 망령처럼 떠올랐었다. 그들은 얇은 유리창 위에 흐르고 있는 낯익은 집 동네의 생활을 훔쳐보고 있었던 것 같았다.

제세의원은 극장 옆 샛길 모퉁이에 있었다. 젖빛 유리 위에 적십자가 그려 있는 문을 열자, 간호원이 가로막고 나섰다. 그녀는 약솜과 주사기를 들고 한창 바쁜 모양이었다.

"공사장 환자 어딨습니까?"

"오늘 퇴원했는데요."

"퇴원요?"

"회사 사람이 데리고 갔어요. 잠깐 기다리세요."

간호원이 안에 들어가서 의사와 뭔가 얘기를 주고받고 나서 다시 나왔다.

"건너편 여인숙에 가보세요."

그들은 병원에서 나오자 맞은편에 '길' 여인숙이란 작은 간판을 찾아낼 수가 있었고, 목씨가 묵고 있다는 불 꺼진 방문 앞에 이르렀다. 안에서는 인기척이 없었다. 대위가 문을 열고 어둠 속에다 대고 불러보았다.

"목씨 계슈, 주무세요?"

"아냐, 들어오게."

하는 힘없는 소리가 들려왔고, 대위가 방안으로 들어서서 불을 켰다. 목씨는 깁스 붕대로 감싼 다리를 이불 밖에 내놓은 채 멍청히 천장을 올려다보며 누워 있었다. 그는 눈이 부신 듯 두 눈을 가리고 있다가 잠시 후에야 서 있는 동료들을 멀뚱하니 올려다보았다. 비가 더욱 세차게 내리는지 물받이 홈통에서 쏟아지는 물소리가 마당으로부터 들려왔다.

"저녁 드셨소? 식사하슈. 좀 늦었시다."

"아닐세, 먹구 싶지 않구먼, 여러 사람들한테 폐만 끼치네그려."

벽에다 등을 기대고 일어나 앉은 목씨는 몰라볼 정도로 초췌해 있었다. 동혁이 물었다.

"다리가 벌써 다 나았습니까?"

목씨는 힘없이 고개를 젓고,

"자네 담배 있건 한 대 주게나."

담배 한 대를 붙여 문 그는 문을 활짝 열어달라고 부탁하고 나서도 한참 뒤에야 퇴원의 내막에 관한 얘기를 꺼냈다.

"뼈가 그냥 부러져도 아물어 자리가 잡히려면 두 달이 족히 걸린다네. 더구나 나는 무릎이 부서졌다는군. 앞길이 막막해서 고연시리 심란헌 생각만 나잖는가?"

"염려 마세요. 회사에서 책임을 지겠다는 다짐을 받았어요."

"책임이랬자 별것 있겠는가. 그 뭣인가, 산업재해 보상두 우리네들은 조합이 없어서 혜택을 못 받는다네. 도의적인 책임만 지면 된다는 걸세."

"누가 그럽디까?"

"낮에 사무실서 왔었어. 내일 회사 차루 도립병원까지 실어다준다더군."

"영세민을 치료해주는 무료 진료소루 데려갈 겁니다. 당치 않은 말요."

"어차피 노동일은 다 해먹었네. 늙마에 타관에서 이 꼴이 되고 보니……"

그들은 낙숫물이 마당에 괸 물 위로 떨어져 작은 돌기들이 솟는 모양을 한참이나 내다보았다. 도랑을 흘러내려가는 물소리가 더욱 고즈넉하게 들리는 것만 같았다. 빗소리에 귀를 기울이고 있던 대위가 말했다.

"아내가 해산을 치른 다음 출혈이 심해서 거의 죽게 됐을 때, 할 수 없이 무료 진료소엘 찾아간 적이 있었어요. 내가 길에 나서기 직전 일인데, 좌우간 약이 없다구 손을 안 써줘서……"

"뼈만 제대루 아물어주면, 난 대처루 나가려네. 죽나 사나, 도회지가 견디기에 좀 낫다네."

"나두 곧 떠날 각오를 하구 있어요. 이씨는 어쩔 생각이오?"

대위가 물었다. 자기 혼자만의 생각에 깊이 잠겨 있던 동혁이 고개를 들고 어리둥절한 표정으로 대위를 바라보았다.

"글쎄요, 뚜렷하게 생각해둔 곳두 없구요. 내년 봄까지만 이럭저럭 버틸 작정입니다."

"숙부라나 하는 분의 편지를 믿고 있는 거요?"

동혁은 단호하게 자르는 기분으로 대답했다.

"아뇨, 절대로 기대하지 않습니다. 위안의 소리에 지나지 않거든요."

말하고 나니까, 동혁은 숙부의 엽서를 대위에게 보여주었던 게 후회가 되고 부끄러워졌다. 그는 제대하기 전부터 그 편지를 읽고 또 읽었던 것이었고, 운지에 와서도 저녁마다 꺼내 읽곤 했었다. 처음엔 봉함엽서에 적힌 사연들의 한 줄 한 줄에 매달렸으며 참말인가 싶어 불안하기까지 했었다. 그러나 요즘 와서는 어쩐지 사기 비슷한 느낌이 들었다. 자기를 길러준 그분이 한편으론 얄밉고 원망스러웠다. 편지는 동혁의 작업복 윗주머니 속의 치부책 갈피에 끼어 있었는데, 하도 여러 번 폈다가는 접곤 해서 네 귀가 둥글게 닳아빠져 있었다.

—출국수속 한답시고 외무부로 이민국으로 뛰어다니다보니 네게 면회 한번 가지 몯하고 떠나온 거시 내내 마음에 걸닌다. 제데하면 당분간 고모집에나 가서 기둘루고 잇거라. 내 엇떠케 하든지 거기 가서 수속절차하야 널 들오라고 불으겠다. 도착직후에 바삐 뛰어다닌다 하드라도 아마 반년은 조키 걸닐 거신즉 넉넉잡고 내년 봄까지만 고생하야라. 사변때부텀 줄것 내미테서 고생만 해온 너니까 구든 의지로 난간을 극복하리라 미더 의심치 않은다만 육친이나 다름없는 내가 그 한심한 바닥에 너 혼자만을 떨구고 온 거 가타 가슴이 앞흐다. 떠나올 적에는 정부요인들과 학생들이 태극기와 부라질 기빨을 번가라 흔들며 환송해 주었는데 애국가를 부를 저게는 감개무량하얏다. 구슬픈 악대의 아리랑을 드르면서 어쩐지 후련한 기분이 들드라. 시장에 점포며 땅은 파랐다. 고모집에 가면 반겨줄 터이다. 낼 오후에는 싱가뽀르에 도착한다니 거기내려 이 편지를 부치고저 한다. 배안에서는 부라질 교양강자를 듯거나 영화를 보면

서 시간을 보낸다. 각끔 낫잠을 자다가 고향에 잇난듯한 착각에 깨고 내가 이민선안에 잇다는 거슬 알고 안심할 때가 많다. 나는 꿈나라에 잇난거시 안인가하는 생각이 드는구나. 너도 알다시피 두동강이가 나서 가난이 닥찌닥찌안즌 고국산천을 생각할 때 마음속으러 슬펴만지는구나. 그 좁은 땅떵이에서도 헐뜻고 못살게굴고 서로 속이면서 고통밧는 거보다 더 널븐 곳에서 마음것 민족의식을 발휘하야 내 자손들을 보담더 널고 크게 활약시키고시픈 마음 하루라도 맘편하게 키우고시픈 마음뿐이다. 너이 부친도 살아계시다면 나를 이해하리라 의심치안으며 조상님께서도 용서하시리라 믿는다. 이배에는 우리뿐아니라 일본인, 중국인, 피리핀인들이 잇난데 서로 잘지나고 잇다. 정부인솔자가 식당에서 회이가잇다 하니 상륙즉시 또하기로하고 오늘은 이것으로 그만 필을 노키로 한다. 조국대한이요 동혁아 모쪼록 무사하기를. 일천구백 육십삼년 일월 초사흘, 숙부—

"아니, 그건 왜 찢소?"

대위가 놀란 음성으로 말했다. 새삼스럽게 치부책을 펴들고 있던 동혁이 갑자기 엽서를 움켜쥐고 자디잘게 찢기 시작했던 때문이었다. 동혁은 종이 부스러기를 비 오는 마당 밖으로 날려보냈고, 그것들은 땅 위에 떨어져 젖거나 빗물을 타고 도랑으로 흘러내려갔다.

"공연히 짜증이 나는데요. 하두 여러 번 읽었더니……"

"마음에 작정이 서야 살아볼 생각이 나는 법이오. 이씨, 우리 농가에나 얹히러 갑시다."

"농살 지어봤어야죠."

하면서 동혁은 입 끝으로 빠져나오려는 욕지거리를 삼키며 말을 이었다.

"사실 말이지 공장이나 많았으면 좋겠습니다. 나처럼 고등과나 겨우 마친 놈이 지금같이 난감한 때에 기술이나마 없는 게 되게 후회스럽소."

목씨가 담배 연기를 길게 내뿜고서,

"기술이 다 뭔가. 당치두 않은 말일세. 소문 들어보면 공장이 서봐야 요새는 우리네 같은 건 견습공 노릇을 하려두 그리 필요가 없다는구먼. 나이두 많지만서두."

"글쎄 이러니저러니 해두 부농에 고용 살면 밥술은 안 놓친다구요."

라고 대위가 말했으나, 목씨는 고개를 흔들었다.

"누구나 객지 나올 땐, 그렇게 시작한다네. 나도 머슴살일 해봤다구. 부농이나 호농이나 매한가지야. 소작붙이 해먹는 사람들도 마찬가질세. 토지 수득세, 수리비, 공과금, 뭐 어쩌구 하는 터에 곡가는 형편없이 싸지, 거기다 어디 땅 파먹는 놈들이 한둘인가. 식구 적은 집에서도 쉴 틈 없이 부업으로 잔푼벌이를 해야 되네. 땅을 더 사야지, 자기 땅을 말이야. 부농도 별수는 없지. 농번기 핑계로 우리네 같은 뜨내기들이 붙어 있긴 하지만 오래 못 가. 인근의 품팔이 농군들이 많거든. 그 사람들도 얼마 안 가 우리네처럼 대처로 꺼질 게 뻔하단 말일세. 날품팔이를 해야 할 촌놈들이 많으니, 아무려나 대처엘 가든 공사판엘 가든 마찬가지가 아니겠나."

"수지가 안 맞는 모양인데 어째 그럴까? 나는 지금 농번기만 바라구 있단 말입니다."

"수지 안 맞는 걸 내가 어찌 알겠나, 실제 겪어보니 그렇더란 얘길세. 비싼 비료를 사서 써야지, 퇴비에 세월을 보내갖구선 수확은 많아지는데 일손이 엄청 들어야지. 온 식구며 이웃이 모여서 며칠 내내 타작을 하는데 기껏 거둔 담에 똥값으로 팔리는 보리란 말야."

"그럼 어디선가 단단히 수지맞는 거 아뇨?"

"현금은 빠듯하다네."

"거참 알 수 없군. 기차 타구 댕기면서 지나다 보면 들판이 굉장들 하던데요."

"글쎄 우리 같은 뜨내기들이 촌에서 촌으로 얹혀 다니는 걸 보면 신통하지. 세끼에다 샛밥까지 제대로 찾아 처먹고 일당

백원이면 요즘 시절에 호박 잡는 걸세."

"그게 정말이오?"

"일거릴 쉽게 잡기만 한다면 말이지, 메뚜기도 한철 아닌가베."

동혁은 목씨에게 물었다.

"밑천 쬐끔만 모으면 촌에서 행상 다니면 좋겠군요."

"요새는 큰 공장이나 회사에서 직접 이동 판매차가 간다네. 동네 처녀들이 쌀됫박 족히 들고 나와 화장품이랑 바꾸는 모양이데. 도회지 소매상보다 조금 더 얹어서 팔지."

"벽지 찾아간 수고비 아닙니까?"

"현금 내도 마찬가지야. 세면도구라도 일습 사보라지, 품삯의 사흘쯤은 작살이 날 걸세. 밑천 큰 놈들 재간에 당할 수가 있는가. 물건은 비싸지, 품삯은 형편없이 싸잖은가. 촌에 가 땅파나 공사판에 오나 피차일반일세."

셋은 한참이나 아무 말도 꺼내지 않았다. 한몸 세상에 붙이고 살기가 이렇게도 어려웠던가, 하고 동혁은 생각했다. 그러나 아직은 별로 급한 마음이 들질 않았다. 목씨가 대위에게 불쑥 말했다.

"자네 내자 소식은 들었는가?"

"일 년이 넘었어요. 작년 이맘때 편지 한 번 받고는…… 어디 가서 갈보짓이나 해 처먹겠지."

"살았으면 모일 날두 있는 걸세."

"운지 나오니 맥이 쑥 빠집니다."

"내야 불 내구서 삼 년 육 개월을 살구 싶어 살았겠나? 죽을 방도가 없으니 살아남았네. 술김에 석유를 냅다 뿌리고는 춤을 덩실덩실 추면서 돌아다녔다네. 미친놈으로 취급받았지만 정신은 말짱했다구."

대위가 물었다.

"불은…… 왜 질렀소?"

"죄받았지. 농군이 그나마라도 땅뙈기를 팔구 대처엘 갔으니 되는 일이 있겠나. 하꼬방을 허물지 않겠다구 보름이나 실갱일 하다가 지쳐빠졌던 모양일세. 알구 보니 몇 놈이 짜구선 말야, 연고권으루 밑천 잡자는 수작에 놀아난 걸세. 혈기 땜에 앞뒤 모르고 설치다가 쫄딱 망한 셈이지. 혼자 누웠자니 요 꼴루 비는 오는데 어찌나 심란헌지 모르겠데."

"낼 떠나세요?"

"아침에 시로 가는 스리쿼터가 태우러 올 거야."

말하면서 목씨는 눈빛이 흐려졌다. 어떤 방에선가 취한 여자가 구성진 가락을 뽑아대는 소리와 낙수받이에 규칙적으로 떨어지는 투명한 물방울 소리가 걸맞아 들려왔다.

3

햇볕이 들자마자 예상대로 웃개 일이 시작되었는데 현지 인부들만이 계속해서 날품을 팔도록 되었고, 각 함바 사람들 전원은 웃개조에 편성되었다.

함바로 오르는 길의 흔적이 벌판 속에 먹혀버렸으며 함바의 흙벽돌이 무너졌거나 종이 지붕이 날아간 곳도 있었는데 여기저기 파인 웅덩이에는 물이 가득 괴었다. 비가 오는 동안 온통 젖어 후줄근해진 공사장 주변과, 밀리게 된 빚이며 계속적인 술추렴으로 해서 비롯된 인부들의 객쩍은 감상이 햇볕에 갑자기 바싹 말라버린 것 같았다.

양쪽 제방이 밀물 위로 간신히 솟아올라 있었고 두 제방 사이의 간격은 훨씬 가까워졌다. 바닷물의 가녘이 수로를 통해 흘러들어간 흙탕물로 말미암아 붉은색으로 물들었는데 제방 쪽으로 나아가면서 차츰 거무튀튀한 색으로, 그다음은 짙푸른 색, 먼바다 쪽은 연둣빛과 은빛으로 층을 이뤄 보였다. 제1채석장에서 남포 터뜨리는 소리와 함께 흰 석진石塵이 구름처럼 피어오르고 있었다. 인부들은 외바퀴 수레에 실어온 넓적한 돌들을 져다가 뗏마에 직사각형으로 쌓았다.

5함바의 장씨 일행은 최십장 아내가 날라온 점심도 먹는 둥 마는 둥 하고 나서 모두들 끈질기게 일에 달라붙어 있었다. 석양 무렵이 되기 전까지 웃개의 규정량을 채워야만 했으며 초과 노임을 위해서는 아무도 쉴 수가 없었다. 한 뼘이라도 더 높게 넓게 쌓으면 돌아오는 배당이 그만큼 많아지므로 모두들 선창으로 가는 좁다란 부교 위를 정신없이 오르락내리락거렸다. 뗏마를 뒤에 매단 견인선에 현지 인부들이 타고서 바다 가운데로 나아가 돌을 부리고 돌아오곤 했으며 그들이 돌을 바닷속에 가라앉히고 돌아오는 사이에 웃개조는 비워 남게 되는 뗏마가 한 척도 없이 될 수 있는 한 많은 돌을 실어보내야만 했다. 장씨가 부교 위를 허청대며 내려와 무릎을 꺾고 주저앉았다. 그는 백태가 엷게 낀 혀가 보이도록 입을 벌리고서 아직 높이 떠 있는 해를 올려다보았는데, 뺨과 이마는 땀이 말라붙은 소금의 결정으로 얼룩져 있었다. 그는 등을 받치는 부댓자루를 머리 위에다 얹고 구부린 두 다리와 어깨로서 이루어진 짙은 그늘 속에 고개를 처박으려고 애썼다. 대위가 돌을 지고 지나다가 한마디 던졌다.

"무리하지 마슈."

장씨는 머리를 쳐들지 못한 채 헛구역질을 했다. 선창에서 내려오던 한동이가 장씨의 어깨를 잡아 흔들었다.

"소금 잡숫구 그늘에 가서 쉬세요."

새로 온 인부들이 돌을 지고 지나가며 불만스런 얼굴로 장씨의 꼬락서니를 내려다보았다. 장씨는 숨을 헐떡이며 한동이에게로 손을 내밀었다. 이끌어 올렸으나, 하늘을 치켜본 장씨는 다시 주저앉았다. 그는 눈을 가늘게 뜨고 상대방의 얼굴 윤곽을 더듬으려 애썼고, 마른 입술을 핥으면서 거친 호흡에 거의 삼켜진 듯한 음성으로 말했다.

"그, 근기가…… 말일세."

하면서 장씨는 끈끈하게 늘어진 기다란 침을 발 사이에 떨구었다.

"모두…… 사그라진 모양이야. 한 바퀴쯤 쉬어도 괜찮을까?"

한동이는 장씨 옆을 떠나며,

"쉬쇼, 불편한 사람보구 누가 뭐라겠어요, 어디?"

라고 말했다. 장씨는 비틀거리며 물가로 가서 발끝부터 잠겨진 물이 차츰차츰 허리에 차오를 때까지 바닷속으로 걸어들어갔다. 손바닥으로 물을 퍼서 머리와 가슴께에 끼얹었다. 열기가 어느 정도 내린 것 같았지만, 작업 도중에 이런 짓을 하면 더욱 쉽게 지쳐버리는 걸 그는 잘 알고 있었다. 판술이가 선창 위에 서서 장씨에게 말했다.

"누가 장씨 모가치루 일해준답디까? 어지간히 쉬쇼."

그는 이마에서 흘러내린 땀이 눈에 들어가지 않도록 연방 눈썹 위를 소매로 훔치며 서 있었다. 판술이는 입술을 옆으로 팽팽히 당겨 헐떡이는 숨결을 가까스로 가라앉히고 있는 듯했다. 장씨가 지쳐빠진 음성으로 대답했다.

"미안하네그려. 점심 먹고부터 온 삭신이 저려서 움직이지 못하겠는걸. 한 바퀴만 쉬겠네."

"보쇼, 배가 돌아오는군."

장씨는 희게 반사된 수면을 어지럽히며 다가오고 있는 견인선과 판술이의 찡그린 얼굴을 번갈아 바라보았고, 외바퀴 수레로 실어다 쌓아놓은 돌무더기 앞으로 돌아갔다. 부댓자루를 등에 쓰고 잠깐 기다리고 섰던 동혁이 웃저고리를 벗어 뭉친 똬리를 어깨에 얹으며 허리를 굽혔다. 장씨가 말했다.

"오늘도 전표를 파는 건가?"

"팔아야죠."

"최가네 안사람이 웃개에서 숙식비를 까겠다던데 어떡헐 참인가들?"

"최십장한테 사정해봅시다. 당분간 숙식빌 봐달라구 말이죠. 셋을 얹어 처먹었으니 심하게 독촉은 못할 거요."

"모두들 장차 어쩌자는 건지 모르겠구만."

하면서 장씨가 돌을 들어 동혁의 어깨 위에 얹어주었다. 동혁은 돌이 얹힐 때 등이 휘청했으나, 이젠 제법 중심을 조절하는 데에 숙달이 되어 있어 발을 재게 놀릴 수가 있었다. 그는 관자놀이가 발딱이며 입천장의 굳은살을 두드려대는 듯한 소리와,

"단체행동두 좋네만, 뒷일두 생각해야지."

라고 말하는 장씨의 푸념을 함께 듣고 있었다. 동혁은 열 발짝도 채 못 가서 등을 짓누르는 돌의 무게가 두 발목을 자갈밭 속으로 비집어넣으려는 걸 느꼈다. 돌을 운반하는 일을 하고부터 그는 양쪽 어깻죽지 끝에 생겨난 멍울이 부댓자루에 쓸려서 살이 벗겨지고 있었는데, 나중엔 손바닥이나 손가락 끝처럼 굳은살이 생길 모양이었다. 뿐만 아니라 장딴지에 달걀만한 근육이 불쑥 치켜올라 허벅지 근육이 늘어져 끊길 정도로 땅기는 것 같았다. 그의 눈꺼풀 위로 땀이 흘러내려 콧마루를 스치고 턱 밑의 땀과 합쳐져 가슴패기로 흘러내렸다. 그는 부교 앞에 이

르러 한 발을 나무판자 위에 올려놓다가 갑자기 돌을 내동댕이치고 싶은 충동을 떨쳐버리느라고 힘을 쓰는 동안에 곧 혈관이 터져버릴 것만 같았다. 두 발을 얹고 허리를 더욱 깊숙이 수그리며 몸을 앞으로 넘어질 듯이 이끌었다. 호흡이 혀뿌리를 타넘고 굳게 다문 이빨을 비집고 새어나왔다. 그는 부교를 건너, 여러 개의 빈 드럼통을 연결한 선창에 올랐다. 그가 돌을 내던지자 난간 없는 뱃전에까지 찰랑대고 있던 뗏마의 바닥이 넘쳐든 물에 젖으며 출렁거렸다. 그는 앞사람이 놓은 다음 자리에다 돌을 얹었다. 뗏마 바닥에 붉은 페인트로 그어놓은 직사각형 속에 돌이 거의 같은 면적으로 쌓아올려져 있었다.

"여섯 층이오."

동혁의 뒷사람이 직사각형의 마지막 빈자리에 돌을 채우고서 외쳤다. 물결이 거세지면서 가까이 온 견인선이 선창에 닿기 위해 측면으로 우회를 해왔다. 날품조의 현지 인부들은 빈 뗏마 위에 다리를 늘어뜨리고 앉아 느긋하게 담배를 피우고 있었다. 그러나 장씨네는 견인선이 돌 실은 뗏마를 끌고 가기 전에 한 층이라도 높게 쌓느라고 더욱 조급한 동작이 되었다. 지고 갔던 돌을 얹어놓고 뗏마에 남은 대위가 동료들에게 말했다.

"만판 둘, 뗑뗑이 하나에 여섯 층 하나요."

네 척 중에 두 척은 가득찼고, 빈 뗏마가 한 척, 그리고 가득 쌓은 것이 열 층이라면 네 층 모자라는 여섯 층짜리 한 척이 되었다는 말이었다. 동혁이 돌무더기 위에 올라앉아 대위가 외친 작업량을 수첩에 적어넣었다.

"내 여기서 두고 볼 테니, 잠깐들 쉬시오."

돌을 지고 가던 판술이가 등으로부터 땅에다 돌을 미끄러뜨리고서 허리를 폈다.

"무슨 소리, 이번엔 하나 반이나 모자라는데……"

"감독조 새끼가 깎아치기하는 걸 지켜야겠어."

대위는 물에 빠지지 않으려 조심하며 뗏마의 돌에 붙어 서서 배가 닿기를 기다렸다. 배가 엔진을 끄고 물거품을 일으키며 선창 옆으로 미끄러졌고 재빨리 뛰어오른 기관 조수가 말뚝 위에 삼줄을 걸었다. 조타실의 전망창에서 감독조 녀석의 머리가 쑥 올라오는 게 보였으며, 잠시 후에 축 늘어진 헐렁한 수영팬티 차림으로 그는 갑판에 나섰다. 찌그러진 밀짚모자를 쓰고 작업 기록장을 펼쳐들고서 그는 뗏마로 옮겨 탔다. 견인선의 조수가 뒤에 달고 온 빈 뗏마의 양쪽에 달린 쇠고리에서 사슬을 벗겼다. 배는 앞으로 조금 더 전진해서 돌 실은 뗏마 앞에 대어져 사슬로 이어지고 빈 배의 사슬은 벗겨졌다. 감독조원이 앞칸부터 한 층씩 세어보았다.

"열 층, 만판 둘이로군. 이건 몇 층인가……"

그는 입속으로 혼자서만 우물거리며 기록장에다 적어넣었다. 대위가 그자의 등뒤에서 고개를 빼내고 어깨 너머로 넘겨다보았고, 그가 기록장을 가슴에 탁 붙이며 화를 냈다.

"뭘 봐? 기록장은 왜 기웃거려."

"그런 법이 어딨소?"

"무슨 법?"

"어째서 끝엣배가 여섯 층인데 네 층으로 적었소?"

"그래서……?"

"장부를 보여주쇼, 확인 좀 합시다."

"건방지게…… 뭘 보자는 건가. 다 알 만한 사람이 이거 왜 이러지?"

"열 층이면 여덟 층 정도로 깎아 적는 걸 알고 있소. 지난 나흘 새 계산 차질이 많았시다."

조원의 얼굴이 붉어지고 숨결이 거칠어졌다. 그의 인상은 곧 대위를 때릴 듯이 험악해졌다.

"우린 작업량대로 맘보를 떼어주기만 하면 그뿐야. 맘보 계산은 십장이 하는 거 아닌가. 깎아봤자 득 볼 거 없다구."

"감독이랑 십장이 묵계한 거 아뇨?"

"둥글둥글 살아야지 괜히 혼자 뾰죽하면 꺾어져 이거. 생떼 쓰면 좋을 거 하나두 없을 텐데."

"생떼가 아니라니까. 사실상, 우린 십장도 아닌 당신 지시를 받을 필요가 없단 말이오."

"웃개 떨구기 싫으면 국으로 가만히 처박혀 일이나 하라구. 하소연두 못하구 피 보기 전에."

"누가 피를 보나 두고 봅시다."

대위가 말했으나, 조원은 견인선 갑판으로 오르며 여유 있게 웃어젖혔다. 견인선에 발동이 걸리자 대위는 뗏마로부터 선창으로 올라서서 그들이 쌓은 돌이 실린 뗏마가 물을 가르고 움직여나가는 것을 지켜보았다. 한참 후에 배가 제방 쪽으로 멀어져갔다. 대위는 다시 자기의 맨발 위에 눈을 떨구고 있다가, 부교의 나무판자 관솔 뚫어진 구멍 틈으로 빠져나간 빛살이 바닷속에 꽂혀 있는 것을 집중해서 노려보고 서 있었다.

"참읍시다. 웃개 끝 날까지……"

아까부터 선창 위에서 두 사람이 하는 양을 지켜보던 동혁이 대위의 옆으로 나란히 다가와 말했다. 그는 제방의 툭 터진 바다 위에 가물대며 떠서 작업을 시작한 배를 내다보았다. 평온하고 한가로워 보이는 풍경이었다. 대위가 대답했다.

"서명도 이제 반나마 받은 셈이오. 의원단의 답사는 멀어봤자 앞으로 한 사날 안쪽일 거요. 오늘 당장 벌입시다."

"오늘이나 내일이나 마찬가지죠. 단결만 된다면…… 국회의원단이 오는 날, 과시하는 게 아마 효과가 많을 거요. 간부들이 손쓸 바를 모를 것이고, 회사측도 요구조건을 의원들 앞에서 공적으로 수락하지 않을 수가 없게 됩니다."

"제기랄, 매일 입으로만 찧고 까불어봤자……"

장씨가 돌무더기 앞에서 두 사람을 부르며 손짓했다.

"막배 오기 전에 어서 많이 채워야지, 자네들 뭘 보고 있나?"

그들의 돌 나르는 고역은 작업 끝 종이 치고 나서도 똑같은 상태로 계속되었고, 막배가 다시 들어와 돌을 열 층으로 가득 쌓은 네 척의 뗏마를 뒤에 매달았다.

완전히 지쳐 파김치처럼 온몸을 축 늘어뜨린 웃개조 사람들은 선창 판자 위에 저녁 숲의 참새들 모양으로 나란히 앉아 있었다. 그들은 자기네가 네 척의 초과 작업량을 악착같이 채워놓은 것을 대견하게 생각하고 있었다. 대위가 동혁에게 물었다.

"우리가 얼마치나 했소?"

동혁은 수첩을 꺼내서 펴들었다. 한 척당 이백원짜리에, 둘 반, 셋, 셋, 넷, 셋 반, 넷, 합이 스무 척, 하고 그는 계산해보고 나서,

"사천원에 십장 천원 떼기 삼천원, 일인당 삼백원짜리요."

"개새끼, 천원이면 배가 다섯 척 아닌가 말야. 혼자서 한 척

만 실어보라지……"

라고 대위가 투덜거렸다. 장씨는 흐릿한 눈두덩을 문질러 눈곱을 떼어내고 안면에 거칠게 덮인 염분을 손바닥으로 털어냈다. 메마른 입술과 쇠진한 눈빛으로 보아서 그가 다른 젊은 인부들과 똑같은 양의 웃개 일에 혹사당했다고는 전혀 믿을 수 없는 몰골이었다. 그는 이미 환자처럼 보였다. 판술이가 장씨의 꼴을 바라보더니 한마디했다.

"장씨도 글렀구만요. 웃개 나흘에 송장 꼴이 웬 말이오."

"닥쳐, 이 사람아."

대위가 판술이를 윽박지르자, 장씨는 고개를 끄덕였다.

"맞네, 쓸모없게 됐지. 나이든 인부란 바로 도급 일에 썩어내리기 시작하는 법야. 뼛골이 당해내질 못한다네. 늙어지면 곧바루 증험이 드러나는 거야."

막배가 선창을 떠나고, 감독조원은 견인선에서 내려와 그들에게로 걸어왔다. 아무도 그를 거들떠보지 않았다. 그들은 무릎이 뻐근하고 궁둥이가 무거워져서 일어나지지가 않았다. 조원은 처음에 뒷전에 앉은 벙어리 오가를 불렀다가 그가 말을 못 알아먹는 걸 보자 분통을 터뜨렸다.

"씨팔, 이러기야 증말? 좋다구, 맘보를 받기 싫으면 내가 꼬불치겠어."

"자네 좀 가보게나."

장씨가 눈짓으로 뒤를 가리키며 대위에게 일렀다. 연장자인 장씨는 애송이의 불한당 녀석에게서 반말지거리와 힐난을 듣게 될 것이 거북살스런 모양이었다. 대위는 몇 시간 전에 조원과 말씨름을 벌인 일도 있었지만 꼼짝도 하지 않는 동료들을 둘러보고 나서 혼자 투덜거리며 감독조원에게로 걸어갔다. 판술이가 말했다.

"좆 빠지게 일해봐야 금은보화가 쏟아져들어오는 것두 아니구, 자수성가할 밑천이라두 잡는 게 아닌 바에야……"

판술은 옆에 붙어앉은 한동의 머리를 툭툭 두드려주면서 말을 이었다.

"이 뻘물 속에다 대가릴 푹 박아야 맘 편하지."

"그것보담 나는 말야, 요렇게 몸이 녹적지근하고 만사가 귀찮아질 땐, 채석장에서 남포라두 하나 쌔벼다가 불을 붙여갖구 설랑 주둥아리에 콱 물구 터져 날아가버렸으면 싶은데……"

한동이가 지껄였다. 해변가 각 작업장의 인부들은 맘보를 받느라고 십장들이나 감독조를 중심으로 둥그렇게 몰려서서 법석거리고 있었다. 동혁이 한동에게 말했다.

"남포 구해줄게 한번 물고 터지시랴오? 사무실 앞에 가서……"

"아예 터지는 것까지 대신해주시구려."

동혁은 지금 자기가 실없는 농담을 주고받는 게 아니라는 생각이 들었다. 인부들 중, 누군가의 희생이 잘 이용되기만 한다면 모두들 필사적으로 쟁의에 가담할지도 모를 일이었다. 그런데 누가 희생을 원할 것인가. 모두들 어떤 자가 대신해주기를 기다리는 동안에 기회는 지나가버릴 것이다. 또한 누군가 희생한다 하더라도 요구조건이 확실히 실현되리라고는 믿지 못할 노릇이며, 임시로 수락을 받게 된다 할지라도 그 조처가 얼마 동안이나 적용될지 알 수 없는 일이었다. 부교 건너편 모래사장에서 대위가 거친 목소리로 조원에게 대들고 있었다.

"우린 뭘 바라구 일을 하란 말요?"

그는 조원이 떼어준 노란 맘보 딱지를 손끝에 들고 흔들어 보이면서 말하고 있었다.

"당신네들까지 또 깎아치면 우린 개인당 고작해야 이백오십 원 벌이 아니오?"

"이 새끼가 정말 죽고 싶어 환장을 했나, 얻다 대고 삿대질하며 지랄야?"

조원이 뒤로 몇 발짝 물러섰는가 하자, 대위의 뺨을 거세게 후려갈겼다. 대위가 볼을 감싸쥐며 비켜섰고, 옆에 서서 두 사람의 험악한 얼굴을 부지런히 지켜보던 벙어리 오가는 조원에게로 달려들어 붙안고 넘어졌다. 장씨가 벌떡 일어나 부교를 뛰어 건너가며 멍청히 섰는 대위에게 소리쳤다.

"여보게, 뭘 보고만 섰나? 떼어 말리지 못하구선……"

"그냥 둬요. 새끼들 개 맞듯이 좀 터져야 정신 차리지."

한동이가 장씨의 옷자락을 잡고 늘어졌다. 대위는 모래 위에 주저앉아 물가에서 뒹구는 두 사람을 바라보았다. 오가가 조원을 타고 앉아서 목을 조르고 있었다. 판술이가 주먹을 쥐어 흔들며 외쳤다.

"죽여, 물에다 처박으라구."

해변가의 다른 작업장에서 인부들이 웅성거리며 모여들기 시작했고, 수로 작업조의 감독조원 서넛과, 채석장의 십장 두 사람이 선창으로 달려내려왔다. 오가는 짐승 같은 소리를 지르며 조원의 머리를 끌어다 개펄 물에 자맥질시키고 있었다. 조원이 사지를 늘어뜨렸고, 벌떡 일어난 오가는 커다란 돌멩이를 머리 위로 힘껏 쳐들었는데 정신이 하나도 없는 사람 같았다.

"붙잡아라, 사람 죽인다."

누가 다급하게 외쳤다. 모래언덕을 달려내려오던 감독조원 하나가 오가의 다리를 끌어안고 넘어졌다. 돌은 굴러 물에 처박혔다. 오가는 계속해서 뛰어내려온 감독조원들과 십장들에게 사지를 붙잡혔다.

"이 미친 새끼를 경비실루 데려가."

조원 하나가 말했다. 오가는 아직도 제정신이 들질 않았는지 알아들을 수 없는 신음소리를 내며 날뛰었다. 한 사람이 오가의 배를 구둣발로 내질렀다.

"때리지 마라."

"그냥 안 둔다."

선창 위에서 5함바 인부들이 외쳤다. 한동이, 판술이 등은 선창 나무판자를 뻐개고 각목을 뽑아들었다. 조원들은 주위의 인부들을 놀란 눈으로 힐끔거리면서 물에 처박혀 기진맥진한 자기네 동료를 잡아 일으켰다. 조원이 말했다.

"모두 얼굴을 봐둘 테다. 각오하라구."

하면서 그는 오가를 부축하고 섰는 대위의 가슴을 밀쳐냈다.

"비켜!"

십장 하나가 언덕 위에 삥 둘러선 다른 작업장 인부들에게 말했다.

"전부들 돌아가요."

그들은 꾸물거리며 흩어질 줄을 몰랐다. 인부 한 사람이 뒤틀린 어조로 말했다.

"참견하지 마슈. 일 전부 끝났시다."

"한꺼번에 몰매를 놔봤자, 누가 그랬는지 알 게 뭐야."

"패버려!"

그들은 웅성댔다. 선창에 서 있던 3실 사람들은 부교를 건너갔다. 감독조원과 십장들은 돌을 들고 방어할 태세를 갖추며 뒷걸음질쳐갔다. 오가는 대위를 뿌리치고 달려가 십장 한 사람의 궁둥이를 호되게 걷어찼다. 그는 고꾸라박혔다가 얼굴이 벌겋게 되어가지고 사람들 틈을 빠져나갔는데, 사방에서 야유 소리가 들려왔다. 그들은 황급하게 선창 주변을 빠져나가 경비실을 향하여 달려가고 있었다. 모였던 인부들도 하나둘씩 흩어져 함바로 돌아갔다. 대위의 옆을 따라 나란히 걸으면서 장씨가 말했다.

"자네 어쩌려구 저 병신이 일 저지르는 걸 그냥 뒀나? 인제 큰일났네. 땜통네며 사무실서 그냥 둘 것 같은가, 이 사람아."

"노임이나 톡톡히 받게 해줄 테니 염려 놓으쇼. 장씨두 봤죠? 자신이 있습니다."

"오늘, 일이 터질 것 같습니다."

동혁이 두 사람 사이에 끼어들었다.

"땜통 식구들이 보복하러 올 겁니다. 십장들도 가만있지 않을 거요."

"맞서 싸울 만하오. 수적으로 우리가 열 곱은 되니까…… 봤소? 모두들 들떠 있단 말요."

"만약에, 그치들이 오가만을 데리러 온다면 내버려둡시다. 말리거나 도와줘선 안 됩니다."

"이런 형편없는 의리 봤나?"

대위는 어이없다는 듯 말하고서 침을 내뱉고,

"이씨는 입만 살았어. 당신은 노동 브로커처럼 이쪽저쪽 눈치만 살피는 거 같은데."

동혁은 안색이 변했고, 그의 입술이 가늘게 떨리고 있었다.

"말조심하시지. 당신은 사람 몇 명 줘패구 유감이나 적당히 풀자는 거요? 누가 죽도록 맞으면 어떻단 말요? 한 사람쯤 머리가 깨져 죽은들……"

"식구가 고스란히 당하는 꼴을 앉아서 보겠단 말요?"

"남포두 불을 붙여야 터지게 되어 있어요."

그들이 창고 앞을 멀찍이 돌아 함바로 오르는 황톳길에 들어섰을 때, 예상대로 감독조원들이 길목을 지키고 있는 게 보였다. 대위가 동혁에게 속삭였다.

"단 세 사람뿐인데, 무슨 속셈일까?"

"저쪽도 신중하게 나올 모양이오."

조원들이 장씨네 일행에게로 마주 걸어왔다. 그들 중의 하나가 말했다.

"볼일이 좀 있는데, 여럿이 참견하지 맙시다."

3실 사람들은 그 자리에 굳어진 채 아무 대답이 없었고, 오가는 일행의 뒤에 섰다가 돌을 양손에 집어들고 앞으로 뛰어나섰다. 그러나 상대편은 오가의 맹렬한 기세에 당황하지 않았다. 조원 하나가 오가의 앞에 한 팔 거리만큼 가까이 다가서며 돌을 놓으라는 듯 손짓을 해 보였다. 벙어리는 상대가 너무 다가오자 씨근거리기만 했을 뿐, 돌 든 두 손을 아래로 늘어뜨리고 서 있었다. 상대편이 벙어리의 두 팔을 끌어안았다. 다른 쪽이 뒤에 감춰 갖고 있던 짤막한 철봉으로 오가의 어깨를 내리쳤다. 한동이가 달려들 태세를 보이자, 대위가 가로막으며 모두에게 들릴 만큼 소리쳤다.

"패 죽이라구 놔둬!"

벙어리가 한쪽 무릎을 꿇고 옆으로 넘어졌다. 맨 뒤에 섰던 자가 발길로 오가의 턱주가리를 돌려 찼고, 일어서려 용을 쓰던 오가는 뒤로 개구리처럼 나자빠졌다. 그는 몸을 돌려 엉금엉금 기어서 해변을 향해 몇 발짝 움직였다. 철봉을 든 자가 잰걸음으로 따라가 오가의 허리를 후려쳤다. 벙어리가 뭐라고 긴 소리를 질렀다. 철봉이 서너 차례 그의 허리와 등을 두들겨대자 그는 붉은 흙먼지 속에 코를 박았다. 처음에 말을 붙였던 조원이 그의 머리털을 잡아 뒤로 제껴보았다. 철봉을 가진 자가 물었다.

"상처는 없지?"

"미련하게 얼굴에 발질을 했잖아."

조원은 그의 다른 동료에게 핀잔을 주고 나서 오가의 머리털을 놓았다. 그가 장씨네를 향해 돌아서서 오가를 발끝으로 건드리며,

"데려다 찜질이나 해주쇼."

라고 말했다. 판술이가 축 늘어진 벙어리를 치켜올렸으나 그는 고개를 처박고 사지를 늘어뜨린 채였다.

그들은 벙어리를 교대로 업고 언덕길을 올라 함바 앞 공터에 들어섰다. 곳곳에서 인부들이 그들의 꼴을 내려다보고 있었다. 1함바와 2함바 사람들이 마당으로 몰려나왔다. 누군가 두 손을 입가에 모으고 물어왔다.

"뭐요, 왜 다친 거요."

"감독조 놈들한테 몰매를 맞았소."

동혁이 마주 대답했다.

"누구한테요?"

"감독조."

"사무실에서 시킨 짓요."

대위가 감독조라고 한번 더 대답했으며, 동혁은 사무실측에 관련이 있다는 것을 밝혔다. 그는 낮은 목소리로 대위에게 말

했다.

“천천히 지나면서 될 수 있는 한 많은 사람들에게 보입시다.”

“사람이 다 죽게 됐소.”

하면서 대위는 소리쳤다.

“쇠뭉치로 온몸을 맞았어요.”

“무슨 일루 맞은 거요?”

“깎아치기하는 걸 못하게 대드니까, 놈들이 무조건 사람을 팼어요.”

“사무실에서 꾸민 일입니다. 우리를 누르기 위해 외지에서 사들인 놈들이죠. 감독조가 있는 한, 우리는 마음놓고 일도 할 수가 없습니다.”

동혁은 계속해서 소리를 질렀다.

“웃개는 누구 좋은 일 시켜주고 있습니까? 우리는 빚에 묶여 있으면서 빼빠지게 일해서 누굴 먹여 살리는 거요?”

대위가 말했다.

“당장 건의서를 사무실에 전하고 쟁의에 들어갑시다.”

“우리 함바두 거진 다 서명했소. 이왕 하려면 감독조 놈들부터 때려 쫓아냅시다.”

“나는 건의하자고 서명했지, 쟁의 벌이라구 서명한 게 아니

외다."

"말로 대들었다구 몰매를 가하는 놈들이 글로 쓴 걸 읽기나 할 줄 아쇼?"

라고 동혁이 말했다. 인부들은 대위의 등에 업힌 오가의 꼴에 많이 동요가 된 듯싶었다.

"나도 서명하겠소."

"우린 손발이 없는가, 해골을 모조리 쪼개버리자구."

모여든 군중 사이를 헤치고 5함바 사람들이 달려왔다. 2실의 고참 인부가 한 손에 들고 있는 소지품 꾸러미를 내어 보이며 대위에게 말했다.

"최십장과 감독이 땜통네를 끌구 올라왔소. 5함바는 전원 해고라며 빚두 안 받겠다는 거야."

"떠날 사람은 모두 떠나라며 소지품을 모조리 내주고 있어요."

"빚이 많았던 사람들 일부가 독산을 넘어 여길 떠나고 있소."

대위는 오가를 한동에게 옮겨 업히고 다비 끈을 조여 맸다. 그가 2실 고참 인부에게 물었다.

"그래, 여길 떠날 생각요 이 판국에?"

"천만에, 강제로 쫓아내니 나왔을 뿐이지. 그치들 실상은 당신네를 기다리고 있어요. 비서란 놈이 그럽디다. 주동자인 당신만 반죽음시켜놓으면 끝난다구 말야."

"모두들 여기서 기다리쇼. 혼자 놈들과 담판하고 오겠소."

대위는 사람들을 헤치고 나아갔다.

"같이 가서 그 새끼들을 함바 밖으로 몰아냅시다."

"삽이나 곡괭이들을 들구 나오라구."

뭇입들이 무섭게 들끓는 말들을 내뱉고 있었다. 동혁이 사람들을 가로막고 나섰다.

"혼자 가도록 내버려둡시다. 그보다 우리는 먼저 할 일이 있소. 당분간 맞서 싸우려면 현금이 있어야 됩니다. 오늘 일한 맘보를 전표가 아닌 현금으로 바꿔둡시다."

"여보쇼, 오늘은 간조 날이 아니잖소?"

"어제는 간조라서 전표를 샀던가? 강서기 새끼는 전표를 살 돈이 언제나 두둑하다구."

"서기실로 가자."

동혁이 그들의 무리 중에서 고참 인부가 누구냐고 묻자 1함바 사람이 나섰다. 동혁은 그에게 말했다.

"여러분, 각 작업조의 맘보를 직접 현금으로 계산해달랩시다. 한푼이라도 뗄 기세가 보이면, 놈이 가진 돈을 우리 작업량만큼만 빼앗아와도 좋소."

"그런데 우리 조는 어제까지도 그 새끼한테 전표를 깎아 팔아왔소. 그것도 받아내야지."

"지난 일은 할 수 없습니다. 그리고 3함바 분들 중에……"

동혁은 안면이 있는 3함바 윗손 인부가 눈에 띄었다.

"아저씨는 저쪽 10함바 쪽에 가서 우리 일을 알리고 협조를 구하세요."

"가담해줄까?"

"고참 인부들 몇 명만 움직이면 될 겁니다."

대위는 5함바 쪽으로 걸어나갔다. 앞마당에는 아무도 보이질 않는다. 그는 수틀릴 땐, 도망칠 생각으로 함바 뒷길을 눈짐작해두었다. 그가 마당에 들어서자,

"임자가 오셨구만."

하는 최십장의 목소리가 들렸다. 툇마루에 십장과 감독이 앉아 있었고, 봉택이는 아우들과 함께 부엌 앞에 서 있었다. 종기가 방문을 열고 나왔는데, 그는 동료들의 소지품을 마당에 내던지고 있었다. 최십장이 대위에게 말했다.

"자네를 위시해서 5함바 전원을 해고시키기로 되었네. 말썽 일으키지 말구 여길 떠나도록 해."

대위는 대답하지 않고 마당에 내팽개쳐진 백들과 세면도구 군용 배낭 등을 방심한 듯 내려다보았다. 감독이 말했다.

"특히 자네 식구에겐 여비를 줄 테니까 말야. 전화만 걸면 읍내 유치장에 자네들을 몽땅 쓸어넣을 수도 있어."

봉택의 아우가 손목에 감은 쇠사슬로 부엌문의 나무판자를 두드려 보이며 중얼거렸다.

"우린 말야…… 너한테 유감이 많지만, 고분고분 물러나면 눈감을 수도 있거든."

대위는 그를 거들떠보지도 않고 감독을 향하여 물었다.

"유치장이라니, 무슨 죄가 있소? 우리가 도둑질을 했습니까, 강도나 사기를 해 처먹었단 말요?"

"잘 알고 있을 텐데."

감독이 십장들에게로 동의를 구하려는 듯 얼굴을 돌리며 말했다.

"공사장에서 인부들을 선동해서 함부로 쟁의를 하는 건 위법이란 말야."

"어째서 위법이오?"

봉택이가 뒷짐을 지고 어깨를 재며 마당으로 나섰다.

"몰라서 묻나, 그건 말이지 빨갱이 새끼들이나 할 짓이거든."

대위가 주먹을 불끈 쥐었다.

"우리가 느이 패들같이 공사장 간부들에 빌붙어 인부들 피나 빨아먹데, 아니면 입찰판에서 떡값을 뜯더냐, 요정에 앉아 공사 거래 건을 수표루 주고받더냐, 공사비를 잘라먹더냐, 이 개새끼들아. 느이 똥걸레 같은 새끼들이 나더러 빨갱이라구? 느이놈들 구린 밑구멍 닦을 생각은 않고 피땀 흘려 억척같이 옳게 살아보려는 사람들보구 빨갱이라니, 네 따위 새끼들이 여길 꺼지면 나두 얌전히 물러날지 모르지만…… 그전엔 저 개펄 속에 파묻혀두 못 떠나겠다."

대위는 감정이 격해져서 말을 못 이은 채 목이 메었다. 종기가 툇마루를 내려서며 최십장에게 말했다.

"저치를 붙잡구 백년을 얘기시켜봐야 설교조루 나옵니다."

감독이 분연히 일어서서 대위의 옆을 지나 마당을 나서면서 으름장을 놓았다.

"전화를 거는 수밖에 없군."

봉택이가 대위의 앞에 서서 조소가 가득 담긴 얼굴로,

"개펄 속에 파묻히는 게 네 소원이냐? 거참 별스런 소원도 다 있군."

하며 빈정댔다. 종기가 소지품들을 발로 차서 한데 모으며 말했다.

"그런 식으로 살다간 개펄 속에 묻히는 게 똑 알맞지."

종기는 대위의 얼굴에 입김이 부딪칠 정도로 얼굴을 가까이 들이대며 소곤거렸다.

"맞서지 말구 여비 두둑이 받아 떠나라구. 아니면 감독조에나 끼든지……"

대위가 종기의 가슴을 발로 내질러버렸고, 그는 뒤로 궁둥방아를 찧으며 주저앉았다. 쇠사슬과 몽둥이, 곡괭이 자루 등을 들고 있던 봉택이네 식구들이 한꺼번에 대위를 덮쳤다. 대위는 머리를 두 팔로 감싸안고 나뒹굴었다.

서기실로 달려간 인부들은 문을 닫고 나와서 쇠를 채우려는 강서기의 뒷덜미를 잡고 안으로 밀려들어갔다.

"맘보를 전표로 뗄 것 없이 직접 환전해주서야겠어."

"제값에 사기만 하면 된다구."

강서기는 이미 사태를 짐작하고 질린 얼굴이 되어 의자에 앉아 장부를 뒤적이는 척했다. 인부 하나가 삽자루로 책상을 호되게 내려쳤다. 그는 어깨를 움츠리며 놀랐고, 여남은 명의 성난 인부들 얼굴을 두리번거리며 사정했다.

"현금이 다 나갔어요. 내야 회사에서 시키는 대루 일하는 사람 아니오?"

인부들은 그가 보통 때의 권위를 잃어버리고 있는 것에 대단히 만족하고 있었다. 질서를 지키지 않는다고 짜증을 부리고, 시간이 늦었다며 밖으로 내쫓던 당당한 표정은 어디로 가고 지금은 그저 한푼이라도 손해볼까 쩔쩔매는 옹졸하고 치사한 작은 체구의 사내였다.

"가방에 있을 거요. 그걸 엽시다."

인부 중의 한 사람이 강서기가 늘 옆구리에 끼고 다니는 검은 가죽가방을 빼앗았다. 그는 손을 내밀었다.

"열쇠를 내놔."

"맘보 딱지를 모두 걷어서 계산해봅시다."

1함바의 고참 인부가 제의했으며, 그들은 구겨진 종잇조각들을 책상 위에 모두 내던졌다.

"일만천원어치로군."

"오늘은 간조 날이 아닌데요. 이래가지고 뒤탈이 없을 줄 아쇼?"

강서기는 자못 기세를 올려보았다. 인부가 강서기의 볼때기를 잡아 비틀며 대꾸했다.

"좆퉁수 불지 말고 어서 가방 열쇠나 내놔, 이 새꺄."

"이전에 우리 전표 살 때 내밀던 거드름은 이젠 안 통해. 피차에 끝판이다. 너 전표 사뒀다가 간조 날 바꿔서 이 남겨 처먹은 건 안 받는다 이거야. 오늘 작업한 것만 편리를 봐달라는 거야."

"단 하루다. 이 벌레 같은 놈아."

인부가 강서기를 잡아 메어꽂을 듯 이끌어 올리자, 그는 잔

기침을 하며 열쇠를 꺼내어 내주었다. 고참 인부는 가방 속에서 현금 뭉치들을 털어내 보였다. 인부들이 목소리를 합쳐 신음소리를 내고 휘파람을 불었다.

"이것 봐라. 우린 아예 쬐하군 인연이 없었던 거야. 드러운 거머리 같은 새끼의 가방에 와서 그득히 고여 있으니, 그동안 우린 소처럼 여물만 처먹구 부림당한 거야."

"그뿐인가, 이놈은 우리에게 엄청 바가지를 씌워서 상품을 팔았어. 석유 냄새 나는 막쐬주를 폐품 병에 담아다 팔았어."

"빨아먹은 내 노임 내놔라."

"자, 전부들 나갑시다. 오늘치로 환전한 돈 외에는 절대로 손대면 안 되오."

라고 말하며 고참 인부가 동료들의 등을 밀었다. 그는 문 앞에서 안쪽의 서기 면상을 향해 가방을 내던졌다. 공중에 돈다발이 흩어져 날리자 강서기는 그제야 제정신이 돌아왔는지 허리를 꾸부리고 분주하게 돈을 주워모았다.

4

"퇴근 안 하시렵니까?"

하면서 기사技師는 뒷짐을 지고 유리창 밖을 내다보고 있는 소장의 큼직한 체구를 올려다보았다. 소장은 창밖에다 시선을 준 채 대답했다.

"오늘은 아무래도 좀 늦을 것 같소. 며칠 전부터 인부들 공기가 심상치 않다는 보고를 받아놔서……"

"웬만한 조건을 들고 나오거든 아예 저들이랑 규약을 맺어서 평화의무를 지키도록 하시죠."

"조건이 맞을 턱이 있나."

하며 그는 기사에게로 돌아섰다. 그는 땀을 흘리고 있었으며, 손수건을 꺼내어 목덜미께를 훔쳐냈다.

"다른 공사장보다 많이 줄 수야 없지. 지금 일할 사람은 쌨다구. 우리가 하루에 몇 명씩이나 돌려보내는지 모를 거요. 또 워낙에 이런 성질의 공사는 자체 부담도 벅차니까…… 노임도 여럿이 되고 보면 무시 못하는 거요."

"제방의 기초 석축이라도 완공이 되었어야 할 텐데요. 국회의원들의 답사가 정확히 언젭니까?"

"모레 오전 열한시에 간단한 행사를 갖기로 했소. 본사에서도 내려올 테고, 지사님두 올 텐데, 면목없게 됐는걸."

"인부들이 미리 눈치채구 엄포를 놓는 게 아닙니까?"

"엄포를 놓았댔자, 노임 외에 별게 아닐 거요. 우리는 저 사람들을 적당히 긁어줄 방안도 가지고 있고, 한꺼번에 쓸어버릴 조처도 다 해놨지만 말야. 아무리 극렬분자가 주동 세력에 끼어 있다 해도 적당히 세부 원칙을 개선할 기미만 보여주면 시들게 되어 있거든."

"그 사람들 작업능률이 영 형편없었습니다. 석축도 아직 그대로에다, 수로는 엉망인 형편이죠. 진작 도급을 시키는 건데 그랬습니다. 작업량에 따라 노임을 지불했더라면야……"

"아니, 나는 반대로 생각하는데. 하루 먹고 지내기조차 급했을 땐, 그런 움직임이 없었던 걸로 아오. 자기네 조건에 대해서 무감각했달까, 그런데 도급을 하면서 고노임의 혜택을 받게 되니 갑자기 알게 된 거요."

"전체적인 구조로 본다면, 그들이 받는 대우가 별로 부당하지 않으리라 생각되는데요. 실상 어쩔 수 없는 현실 아닙니까."

"우리네 공사장뿐만 아니라 어디나 감독조 애들을 밖에서 데려다 쓰고 있지만, 그 이유는 단 한 가지 때문이오."

소장은 다시 땀을 닦아내고 유리창 앞으로 걸어갔다.

"이런 실정에 우리가 직접 개입하지 않기 위해서요. 우리 대신에 십장들을 통해 인부들을 조종해야만 되거든. 한편으로 주동자들과 접촉을 시켜서 회유하고 그 밖에 어중이떠중이들은 눌러버리거나, 잘 선도해야지."

"어째, 이번 답사는 시효가 맞질 않은 것 같습니다."

"뭐 그야, 건설 상황만 보여주고 간단한 브리핑만 해주면 될 텐데, 만약에 시끄럽게 쟁의라도 일어나면 우리 현장 위신은 쑥밭이 되는 거지."

"이상합니다. 어디…… 잘못된 거 같은데."

상의를 걸치고 나갈 채비를 하던 기사가 유리창에 얼굴을 가까이 대면서,

"저기…… 감독 아닙니까?"

라고 말했다. 소장은 눈살을 찌푸리고 기사와 함께 내다보았다.

"뛰어오는 사람이 감독이오?"

"틀림없습니다."

뿐만 아니라, 그들은 황토 언덕 위에 새카맣게 집결되어 있는 군중들을 보았다. 언덕 아래로 십여 명의 무리가 뿔뿔이 흩어져 뛰어오고 있었다.

"파업 정도가 아닌 모양인가?"

소장은 초조하게 말했다. 그는 사무실 문을 열고 감독이 가까이 오기를 기다렸다. 숨이 턱에 닿은 감독은 사무실 앞에 거의 와서야 빠른 보행으로 다가왔다. 그가 손을 휘저으며 소장을 향하여 외쳤다.

"다 틀렸습니다."

"주동자를 보내라구 했잖나?"

"저길 보세요. 몰려옵니다."

"서명을 했다는 작자들인가?"

"서명 따윈 문제가 안 된다니까요."

그는 헐떡이며 무너져내리듯 의자에 주저앉았다.

"양봉택이 녀석이 인부들을 설때린 게 잘못입니다. 나는 물론, 달래보려고 했지만 전번과는 경우가 틀립니다."

"대위라는 자는 갔나? 떠났는가 말일세."

"보통 끈질긴 놈이 아닙니다. 제가 먼저 자릴 뜬 게 잘못이었지요. 봉택이네 애들이 초죽음시켜논 모양입니다."

"뭐라구. 사람을 죽여?"

"아뇨, 기절한 모양입니다. 인부들이 지금…… 저 보세요. 환장을 했다구요."

"전화, 전화를 걸어! 공사장에……"

소장은 쉴새없이 흐르는 땀을 씻었다. 그는 바깥을 연방 내다보았다.

"공사장에 폭동이 일어났다구 말야. 경관들 이십 명만 보내라구, 아주 악질적인 폭동이라구 말야."

"운지에선 열 명도 어려울 겁니다."

기사가 말했다. 소장은 수화기를 붙잡고 악을 쓰고 있는 감독에게 다시 덧붙였다.

"봉택이네만 가지곤 어림두 없겠네. 조원을 늘려야겠어. 제3간척공사장까지는 얼마나 걸리겠나?"

"왕복 반시간나마 걸릴 겁니다."

"좋아, 누굴 시켜서 거기 감독조 애들을 데려와야겠네. 난동을 일으킨 인부들이 줄잡아 몇 명쯤 되겠나?"

"5함바까지 한 백여 명과, 10함바 쪽에서도 오십 명쯤 넘어왔답니다."

그때 문이 요란한 소리로 열리며 머리를 싸쥔 자를 선두로 감독조원들이 한꺼번에 밀려들었다. 봉택이는 머리의 흉측한

화상을 가렸던 코르덴 모자도 어디론가 날려버렸고, 정신이 올바로 건잡아지지 않는 듯한 꼬락서니였다. 그들은 서로의 상처를 확인시키고, 속셔츠들을 찢어서 손이나 머리에 감았다. 봉택이가 말했다.

"돌팔매가 무섭게 날아옵디다. 함바에서 가까스로 빠져나왔어요."

"몽둥이를 휘두르며 그 새끼들 틈을 뚫었죠."

소장이 마룻바닥을 쾅 구르며 그들에게 손가락질을 했다.

"듣기 싫어요. 도대체 뭘 하러 여길 온 거야. 누가 맘대루 사람을 패라구 그랬어? 방법이 틀렸어요, 방법이 아주 졸렬해."

봉택이도 그에 못지않게 발끈했다.

"뭐가 틀렸단 말요? 우리도 이젠 막가는 판이오. 언제는 수단껏 눌러놓으라더니 일이 터지니까 발뺌하는 겁니까? 씨팔, 우리 조원이 먼저 묵사발 됐는데 가만있으라는 겁니까?"

"남이 안 볼 때, 조용히 처리할 수도 있잖나 말야. 일이 확대되기 전에 개인을 상대루 진작 눌러버렸으면 이 꼴이 안 됐을 거야."

구석에 처박혀 고개를 숙이고 앉았던 최십장이 얼빠진 얼굴을 들며 말했다.

"면목없습니다. 그렇지만 보십쇼, 폭동이라니까요. 순순히

설복당할 놈들이 아닙니다요."

감독이 수화기를 들고서 한숨을 내리쉬는 소리가 들렸다. 그는 소장에게 말했다.

"경찰에선 개입을 꺼립니다. 우리끼리 잘 타협해서 자체 해결하는 게 어떠냐구요. 몹시 곤란하다구 그러는데요."

"이리 줘."

하며 소장은 수화기를 빼앗았다.

"계장이오? 아, 나요. 소장입니다. 치안을 유지하기가 어려우니 부탁한 거 아니겠소. 창고엔 회사 자재도 많고, 부상당한 직원들도 있어요. 사건이 커지면 당신네 책임 아니오? 난동자 몇 명만 데려가면 끝날 것 같소."

인부들은 모두가 삽이나 몽둥이 같은 것을 들고 천천히 다가오고 있었다. 그들은 말 한마디 없이 조용히 움직여왔다. 사무실 가까이 이르러 인부들이 멈춰 서자, 안에 있는 사람들은 더욱 초조해지고 있었다. 기사가 말했다.

"소장님이 나가서 타이르시죠."

"내가? 저 녀석들 너무 흥분한 것 같은데……"

"저는 나가서 제3간척공사장으로 가겠습니다. 조원 애들을 데려와야죠."

하며 감독이 나섰다. 기사도 퇴근하겠다며 이 자리를 빠져나갈 눈치였다. 소장과 감독은 밖으로 나와 인부들 앞으로 걸어갔고, 그들과 열 발짝쯤의 거리를 두고 멈췄다. 맨 앞에 연장을 들지 않은 동혁과 3함바의 고참 인부가 서 있었는데, 오히려 그들은 사무실 사람보다 훨씬 침착해 보였다. 동혁과 고참이 인부들 틈을 떠나 소장에게로 걸어갔다. 소장은 다가오는 두 사람을 보고 감독에게 작은 소리로 말했다.

"처음 보는 작자들인데 자네 아나?"

"지난번 사건 이후 채용된 놈입니다. 한 놈은 대위랑 같이 들어왔구요."

"저자가 서명을 받고 돌아다녔나?"

"아마 일을 꾸민 건 대위와 저 곱슬머리가 틀림없을 겁니다."

동혁은 그들과 마주서자 작업복 윗주머니에서 낡아빠진 봉투를 꺼내어 소장에게 내밀며 말했다.

"우리는 오늘부터 파업에 들어가기로 했습니다."

소장은 받아든 봉투로 동혁의 뒤쪽을 가리키며 말했다.

"파업도 좋지만, 삽과 곡괭이들을 들고 몰려와선 사무실을 부수겠다는 건가, 아니면 사람들을 치려나. 아무리 벽지라지만 경찰권이 미친다는 걸 잘 명심해두게."

"우리는 감독조의 횡포를 막자는 것뿐입니다. 그 봉투 속에 건의문과 우리들의 연서장이 들어 있습니다."

"요구조건은……?"

하며 소장은 봉투를 찢어볼 생각도 않고 손에 든 채 거만하게 물었다. 그는 자기의 당당한 모습을 절대로 허물어뜨려서는 안 된다는 것을 잘 알고 있었다. 평상시대로 애써 그들을 위압해야만 했던 것이다. 인부들이 무서운 형세로 연장들을 쥐고 굳어져 서 있지만, 소장의 눈에는 그들은 공사장의 제방이나 바윗돌, 바다나 개펄처럼 고정된 풍경의 일부분같이 느껴졌고, 그들 개개인이 화를 낸다거나 울거나 웃거나 하는 것들은 상상도 해보질 않았던 것이다. 고장난 트랙터, 또는 터져 물이 밀려드는 석축 정도의 위험을 떠올리는 것이 고작이었다. 착각에 지나지 않았으나, 사무실 창으로 내다보면 황토 언덕 위에 드문드문 지어진 흙집들과 그 주변에서 오물거리고 있는 인부들의 떼는 해변의 모래나 조개껍데기 같은 자연의 일부분처럼 보여졌었다. 노임 대장을 펼치면 눈에 들어오는 것은 함바 번호와 인부들의 일련번호뿐이었다. 소장은 귀찮은 듯 땀이 흐르는 턱 아래를 손등으로 문지르며 말했다.

"요구조건이 뭐냐니까?"

"뜯어보시지, 보면 알 거 아뇨."

고참 인부가 말했다. 소장은 그제서야 봉투를 찢고 두툼한 종이 뭉치를 꺼냈다. 감독이 말했다.

"우리…… 사무실 들어가서 얘기합시다."

"당신은 좀 빠져."

하며 3함바 사람이 험악해진 얼굴로 감독을 쏘아보았다. 감독은 우물쭈물하다가 그들이 자기에게 관심이 없는 걸 알자 사무실 뒷길로 돌아갔고, 소장이 낮은 목소리로 건의문을 중얼중얼 읽기 시작했다.

—존경하는 '아세아건설' 회장님 귀하. 저희들은 운지 간척 공사장의 일용 인부로 고용된 사람들입니다. 애초에 우리는 이것이 어쩔 수 없는 현실이리라 생각하고 말없이 일만 해왔습니다만, 그냥 참고 견디기엔 너무도 부당하다는 생각이 들어 궐기하기로 하면서, 몇 가지 건의 말씀을 드립니다. 노임을 법정 임금에 미달된 액수로 받으면서 게다가 간조가 보름 간격인지라 현금 없는 대부분의 우리 부랑 인부들은 전표를 헐값에 팔아 일용품을 사든지 전표를 본가격보다 싸게 함바의 숙식대로 치르고 있습니다. 서기들은 전표로 부당한 이윤을 취하고 함바는 거기대로 노임을 착취합니다. 대부분의 객지 인부들은 함바와 서기, 그리고 그들이 경영하는 매점에 이삼천원 정도의 빚을 지고 있는 실정입니다. 때문에 우리가 다른 일터를 찾아 뜨고 싶어도 마음대로 갈 수가 없어서 묶여버린 것입니다. 또한 일은 건축 작업에 비할 바 없이 고되고, 비교적 손쉽고 허술한

일터는 현지 인부들의 차지가 되어 있습니다. 썰물과 밀물 때, 어림짐작으로 치는 작업 종에 따라 작업을 시작하고 그치기 때문에 뚜렷한 휴식시간이나 고정된 일정량의 노동시간이 없이 해만 보인다면 일에 시달려야 합니다. 또한 노사를 이간시키는 원인으로서 감독 이하 십장 등, 노무자 간부급들이 감독조라는 이름으로 외지의 깡패들을 앞잡이로 내세워 그나마 박한 노임을 착취하고 노동의 자유 분위기를 억압하고 있습니다. 함바의 조건은 마치 가축의 우리 같은데다가 십여 명 이상씩 때려넣고, 각 집에서 형편없는 식사를 제공해주고 있습니다. 물론 함바는 회사의 운영에 속해야 함에도 불구하고 이러한 대규모의 공사를 벌이는 작업장에 개인의 권리금 내지는 소유권에 의하여 함바가 운영되고 있다는 것은 언어도단이올시다. 그러므로 우리는 다음의 네 가지 문제를 시정해주십사 건의하는 바입니다. 첫째, 노임을 현재의 도급 임금과 같은 액수로 올려줄 것. 단, 노동량에 상관없이 날품일 때에도 적용할 것. 둘째, 정확한 시간 노동제를 확립할 것. 셋째, 감독조를 해산시키는 대신 인부들이 교대로 자치 담당하게 할 것. 넷째, 함바를 개선하고 식당을 통합하여 회사가 운영할 것. 그래서 일일 전표를 식권과 직결시키고 나머지는 현금으로 지불해줄 것. 위와 같은 우리의 요구가 실현될 때까지는 다음의 서명자들은 여하한 투쟁이라도 불사하겠음을 알려드리겠습니다. 운지 간척공사 현장 일용 인부 일동.

소장은 못마땅하게 건의서 뒷면의 연서장들을 들춰보고 나서 고개를 들었다.

"투쟁이란 건, 파업을 의미하는 건가."

동혁이 잠시 사이를 두었다가,

"파업도 포함됩니다."

"그렇다면 폭동이로군."

"개선하기 위해 우리도 조직을 갖춰야겠다는 말입니다."

"어떤 조직을?"

소장은 동혁을 향해 조소를 가득 떠올리고 말했다.

"자네들은 공장노동자와 다르네. 어쨌건, 임시고용인에 지나지 않네."

"우리는 서명을 받으며, 시작할 때부터 각오를 하고 있었습니다. 모두들 한꺼번에 해고되는 것두 아닐뿐더러, 또다른 인부들이 오겠지만 최소한 인계를 하고 떠날 여유는 있을 겁니다."

"어쩌면 자네들은 혜택을 못 받게 될지도 모를 텐데? 돈이 생겨, 술이 생기는가, 도대체 뭘 바라구 이런 짓을 벌이나? 덮어놓고 불평불만을 터뜨려보자는 식이로군."

"우리가 못 받으면, 뒤에 오는 사람 중 누군가 개선된 노동

조건의 혜택을 받게 될 거요."

"우리 노사관계를 떠나 인간 대 인간으로 얘기해봄세. 자네들 의견을 존중해서 터놓구 얘기하구 싶군. 노가다는 솔직하랬다구 얼마를 요구할 텐가? 자네들 심정 다 알지, 우리 바꾸는 게 어떤가?"

"그따위 말에는 대답하고 싶지 않소. 최소한 두 가지의 조건만이라도 확답을 하고 각서를 써주시오. 두 가지 사항은 노임과 감독조에 관한 것 말입니다."

동혁의 옆에 묵묵히 서 있던 3함바 고참 인부가 소장에게 달려들 태세로 말했다.

"당신에게 일러두는데, 십 분 내로 감독조 새끼들을 우리들한테 인도하라구. 안 되면 우리가 사무실로 밀구 들어가겠소."

소장은 몇 걸음 뒤로 물러났다. 그는 초조하게 시계를 들여다보고, 직원 식당 앞으로 뚫린 아카시아의 숲 사잇길을 바라보곤 했다.

"부탁이 있습니다."

동혁이 사무실로 돌아가려는 소장의 소매를 잡으며 말했다. 소장은 팔을 빼고 또 몇 걸음 물러섰다.

"인부 두 사람이 몹시 맞아서 상처가 심한데요. 입원을 시켜주십시오."

"어디에 있는데?"

"함바에서 동료들이 간호하고 있습니다만, 머리를 다친 사람도 있어서 위험합니다."

"알겠네. 시간 여유를 주었으면 좋겠는데……"

"환자는 쟁의와 별개의 문젭니다."

"그 사람들을 데려온다면, 자네들은 인부들을 무마시켜 함바로 돌아가겠나?"

"그렇겐 안 되겠는데요."

"시간을 달라 이걸세. 나 혼자 결정할 문제가 아니라 직통전화로 본사에도 알아봐야 하니까. 사무실은 보다시피 모두들 퇴근하고 노무 담당자들뿐일세."

고참 인부가 소장의 가슴팍을 떼밀며 소리쳤다.

"당장 돌아가서 새끼들을 몽땅 불러들이쇼. 빨리 해결하자구."

"우린 진작부터 알고 있습니다."

사무실로 돌아가고 있는 소장의 뒤통수에다 대고 동혁이 소리쳤다.

"국회의원들이 온다는 걸 말요."

소장이 뒤를 돌아보았다. 그는 초조한 얼굴로 동혁과 멀찍이 떨어져 서 있는 인부들의 무리를 재삼 훑어보고서 총총히 사무실 안으로 돌아갔다. 소장이 꺼지자마자 협상에 나섰던 두 사람은, 기다리기에 지루해져 몰려온 동료 인부들에게 둘러싸였다. 인부들은 이제 흥분이 가라앉은 대신 자기들이 얻은 상황에 자신만만해 보였고, 어떠한 짓이라도 해낼 수 있다는 기세들이었다. 그들은 몰려서서 제각기 떠들었다.

"노임을 올려주는 거야, 어떻게 하겠다는 거야."

"감독조 놈들은 내주겠답디까?"

"내주길 기다려, 밀구 들어가 끌어내야지."

"어쨌든 우리는……"

하면서 동혁이 앞으로 나가려는 인부들의 몽둥이를 손으로 잡아 내리며 말했다.

"기다려야 합니다. 시간 여유를 달라는데, 여태 기다리고 살아온 우리가 한두 시간, 하루이틀을 못 기다리겠습니까. 무턱대고 사람을 치거나 기물을 부수면 저쪽을 유리하게 만들어주는 결과가 되고 맙니다."

고참 인부가 외쳤다.

"여러분, 어떤 일이 있어도 요번에는 성과를 얻어내야 합니다. 파업이 끝날 때까지 함께 행동하겠소?"

"발을 빼래야 뺄 수가 없게 됐잖소? 우리는 서명했던 사람들요. 이렇게 복장이 시원해보긴 처음요."

"10함바 쪽의 우리들은 가서 더 많은 인원을 데려올 수가 있습니다. 깡그리 참가시키겠소."

"수틀리게 되니까 떠나는 사람들이 많습디다. 지난번 파업때도 보니까 말요. 우리가 여기서 이런 짓까지 벌여놓고 쫓겨간다면 다른 공사판엘 찾아간댔자, 속이 뒤틀려서 일도 제대로 못해낼 거요. 십 년 묵은 체증을 화끈하게 풀고 가야지."

동혁이 떠들어대는 인부들에게 일일이 앉기를 권했고, 인부들은 사무실로 밀고 들어갈 태세를 풀고 일단 땅바닥에들 주저앉았다.

봉택이네는 기력을 잃고 사무실 구석에 모여 앉아 사람들의 눈치를 부지런히 살펴대고 있었다. 봉택이가 우물쭈물하며 말을 꺼냈다.

"저쪽에서 우리만을 받고 일을 그치겠다면, 당장이라도 나가겠습니다."

소장은 경찰서에 전화를 거느라고 그들을 거들떠보지도 않았으며 최십장이 경멸하는 눈초리로 봉택이를 훑으며 말했다.

"어림도 없는 소리 하지 마쇼. 만약에 당신네들이 저치들에게 꿇리고 들어간다면 우린들 무슨 꼴이 되는 거요? 저놈들의 기를 더이상 살려준다면 앞으론 아예 공사장을 폐지해버려야지."

"깨지든 터지든 밀고 나가 맞붙어봅시다."

종기가 창밖을 내다보며 혈기를 올렸다. 봉택이가 대꾸했다.

"비서 네 새끼두 큰소리칠 건덕지가 없어. 인마, 네가 빨리만 알려다줬던들 우리가 미리 손을 쓸 수 있었을 거 아닌가 말야."

"내가 진작부터 기미가 이상하다구 몇 번이나 귀띔을 했수? 당신네가 날 믿어준 적이 한 번이나 있었소."

"시끄러, 잠자코 있으라구."

소장의 고함소리에 두 사람 다 잠잠해졌다. 소장은 초조하게 기다리다가 통화가 시작되자 대뜸 큰소리로 나왔다.

"아니, 어떻게 된 거요? 나중에 중앙에서 인책받지 말구 알아서 하쇼. 기동경찰은 출동했는가 말요. 글쎄 알겠다니까. 서로 편리를 보아가며 살아야잖겠소? 사실 나중에라도 아쉬운 건 어느 쪽인지 잘 생각해봅시다. 좋아요, 공사장 밖으로 몰아내주기만 하면 되겠소."

소장은 수화기를 요란하게 내던지고 사무실 밖을 힐끔 돌아보았다. 그는 뒷짐을 지고 실내를 우왕좌왕하다가 혼자 중얼거렸다.

"경찰들이 와두 문제란 말야. 놈들이 사나흘이고 버티다가는 꼼짝없이 우리가 당할 형편인데……"

"우선 밖으로 몰아낸 뒤에 함바에 남은 인부들을 시켜서 회유 공작을 시키는 게 어떻습니까?"

최십장이 말했다. 소장은 분주한 동작을 멈추고 잠깐 생각해 보는 듯했다.

"함바에 남은 인부들이 얼마나 되겠나?"

"난동을 일으킨 자들은 전체의 절반 정도밖에 안 됩니다요."

"빠진 자들 중에 매수할 수 있는 자들을 가려낼 자신 있나?"

최십장이 종기를 바라봤고, 종기는 전번 사건 때도 이런 일을 맡았었으므로 자신만만하게 반문했다.

"몇 명쯤 필요하십니까?"

"다섯이면…… 족하지."

"다섯 정도라면 문젯거리도 안 됩니다. 말발깨나 쓰는 약은 인부들이 몇 명 있습니다."

"젊은 축보다는 나이가 듬직한 고참일수록 좋아. 자네가 이 일을 잘해낸다면…… 알고 있겠지?"

"네, 해보겠습니다."

"지금 뒷길루 돌아서 함바루 가도록 하게. 될 수 있는 한 빨리 손을 써야 되네."

종기는 인부들이 자기에게 신경을 쓰지 않도록 태연하고 유유하게 사무실 앞을 돌아 뒷길로 들어서서 함바를 향하여 우회하고 있었다. 내다보던 최십장이 말했다.

"됐어요. 주의하는 녀석이 한 놈도 없습니다."

"서명자 명단을 잘 보관해두도록 하게. 나중에 필요할 때가 있으니까. 그리고 환자가 있다는데, 상처가 악화되면 괜히 송장 치구 살인난다구."

"이런 혼란에 사람 몇 명 다친 것쯤 걱정하지 마시죠. 안타까운 건 저쪽입니다. 환자가 있다면 협상의 구실이 될지도 모르는 겁니다."

"내걸고 나온 네 가지 조건이란 게 도대체가 허황하단 말야. 현실을 몰라도 분수가 있지. 애초에 이런 따위 공사는 회사의 명분 때문이 아닌가. 우리가 이득을 바랄 수 없는 형편인데, 게다가 노임을 올려달라?"

"본사에 보고하나마납니다."

"우리가 무능한 소치라고 여길 게 뻔하거든. 하여간 이번 일은 현장 이상으로 확대되지 않도록 최선을 다해서 무마시키는 것뿐일세."

3함바의 고참 인부가 사무실 가까이 오더니 손을 입가에 펴 모으고 소리쳐왔다.

"이젠 더 기다릴 수 없소. 오 분 후에 아무런 대답이 없으면 행동을 개시할 테니 알아서 하쇼."

"저 새끼 콱 밟아버릴까부다."

"나가게 해주쇼, 소장님."

봉택이가 각목 몽둥이를 잡고 벌떡 일어났다. 소장은 그의 객쩍은 행동에 화가 치밀지만 애써 참는다는 듯 자기 가슴을 쳐 보였다.

"큰소리 좀 치지 마시지. 그렇게 속속들이 막혔으니 일이 요꼴이 됐지. 자네들 앞으론 여기서 일할 수 없을 테니 제3공사장 조원들과 교대시켜야겠어. 여긴 노련한 사람들이 필요하니까."

"들리죠? 오는 모양입니다."

최십장은 말하고서 고개를 기울이고 있었다. 자동차 바퀴가 자갈을 튕기며 달려오는 소리가 들렸다. 그들은 사무실 오른편 창문가에 몰려서서 내다보았다. 식당 앞 아카시아의 숲 사잇길을 돌아나오고 있는 경찰 스리쿼터의 흰 차체가 보였고, 뒤에는 경봉과 철망이 쳐진 헬멧으로 무장한 경찰들이 빽빽이 타고 있었다.

우두커니 앉아서 잡담을 주고받던 인부들이 경찰차를 발견하고 급히 일어나 어수선하게 들끓었다.

"속았다."

"시간을 끌려는 수작이었어."

"씨팔, 부시구 들어가 끌어내라. 경찰에 겁을 내겠나."

격노한 젊은 인부 한 사람이 동혁의 멱살을 잡아 흔들며 떠들었다.

"쪼다 같은 놈이 뭘 안다구, 나서서 떠벌리다가 일을 이 꼴루 만드니?"

다른 인부들도 함께 격노했다.

"그 새끼, 돈 처먹겠다구 약속했을 거다."

"놈들은 우선 경찰과 짜놓구 타협을 붙는 척하면서 올 때까지 기다린 것뿐이다."

"이젠 어떤 놈두 믿지 않겠다."

하며 인부는 동혁을 밀어젖혔다.

"누구의 지시두 안 받는다. 이제부텀 각자 배짱 꼴리는 대루 하는 거야."

"다 틀리기 전에 사무실을 확 쓸어버려라."

사무실의 유리창들이 인부들의 돌팔매로 깨어져나갔고, 속력을 내어 달려온 경찰차는 급한 반동에 의한 제동 소리를 내면서 사무실 뒷길에 멈추어 섰다. 운전대 옆에서 경위 한 사람이 뛰어내려 기동경찰들에게 지시했다.

"몰기만 해. 나중에 경찰이 현장측에 합세해서 인부들을 탄압했다면 골치 아프니까……"

사무실 안에 있는 자들은 책상이나 의자로 문을 받치고 넘어뜨린 책상 뒤에 고개를 처박고 숨어 있었다. 돌팔매를 그친 인부들이 사무실로 달려왔다. 경찰들은 화살표 대형으로 늘어서서 경봉을 꼬나들고 발을 맞추어 흥분한 인부들 앞으로 비집고 나아갔다. 인부들의 측면으로 경찰들은 밀어닥쳐 대형의 간격을 넓히며 포위할 기세였다.

"함바로 물러갑시다, 함바로……"

인부들은 일단 뒤로 밀려났고, 경찰들 때문에 용기를 되찾은 감독조들과 사무실 사람들은 밖으로 몰려나왔다. 그들에게로 인부들의 돌팔매가 날아들었다. 감독조원들도 마주 돌을 던졌다. 대형을 일렬횡대로 바꾼 경찰들이 돌팔매 사이로 뛰어들어 양쪽 사람들을 모두 해산시키기 위해 갈라섰다. 소장이 외쳤다.

"이거 왜 이래? 먼저 인부들을 몰아내야지. 함바로 쫓으란 말요."

경위가 휴대용 확성기를 통해 인부들에게 말했다.

"전부 함바로 돌아가요. 요구조건은 질서 있게 타협적으로 해결하기로 하고 일단 합숙소에 돌아가 기다리시오. 불응하면 모두 체포하겠소."

인부들이 마주 떠들었다.

"무슨 명목으로 우릴 체포하는가, 우린 방어했을 뿐이다."

"잡아가야 할 놈들은 저쪽이다."

확성기에서 경고의 말이 연거푸 흘러나왔다.

"법은 누구에게나 공정합니다. 이성을 되찾고 해산합시다. 법은 누구에게나……"

"공정한 거 좋아하지 마라."

"해산을 거절한다면?"

"경찰들도 저쪽 편을 들 거야. 우리야 돈이 있나, 빽이 있나, 천하에 믿을 놈들이 어딨나. 우리가 우릴 믿어야지."

"창고를 열러 가자. 창고엔 맞설 만한 물건들이 많을 거야."

이리저리 휩쓸려 패가 갈리기 시작한 와중 사이를 헤치며 고참 인부가 동혁에게로 달려왔다.

"어쩔 작정이오? 맞서겠소, 아니면 타협하겠소?"

동혁이 말했다.

"타협은 우리가 행동을 벌여놓고 있을 때만 가능합니다. 기왕에 이렇게 된 이상 버티는 수밖에 없어요."

"함바가 어떨까?"

"거긴 사방으로 트여져 있어서 하룻밤도 농성하지 못할 거요. 이따위 상태로 저쪽이 조금만 강경하게 나온다면 우리 요구는 다시 공전되고 말 겁니다."

"일단 함바로 물러납시다. 버티다가 불리하면 다시 무슨 방도를 강구하든지……"

벌써 일단의 인부들 무리가 새카맣게 창고로 몰려가고 있었다. 나머지는 조원들과 대치해서 서서히 물러나고 있었는데, 경찰들은 한쪽에 늘어서서 사태를 관망하는 눈치였다. 소장이 경위에게 말했다.

"보시오. 저게 단순한 쟁의로 생각되쇼? 불순분자가 선동한 폭동이오. 나중에 도경으로 항의하겠소."

"우리는 절대로 사전 개입을 하지 말라는 상부의 엄명을 받고 왔어요. 큰 사고가 발생하지 않도록 방어에 주력할 뿐입니다."

"폭도로 변한 놈들이 창고를 약탈하러 가는 저것이…… 작은 사고란 말요?"

"나중에, 위법한 자들은 입건하겠어요. 우리는 노사관계를 잘 알지도 못할뿐더러 이번엔 특수한 경우라서……"

"뭐가 특수하오? 그게 항간에서들 말하는 관료주의란 거요. 책임회피를 해놓고, 적당히 하자는 거요?"

"이 양반이…… 국회에서 답사를 온다는데 그때까지 끌게 되면 누가 불리하겠소? 경찰이 쓸데없이 관권을 발동했다구 사방에서 떠들지도 모르죠."

하고 나서 경위는 경사 한 사람을 불러 경찰의 일부를 창고로 보냈다. 벌써부터 창고로 몰려갔던 인부들은 이미 퀀셋 건물의 양철 문짝을 두드려 부수고 안으로 들어가 있었다. 그들은 폐유를 스페어 깡에 담아 폭약 상자와 여덟 자 매듭의 철조망 뭉치들과 함께 운반했다.

다른 인부들은 함바로 오르는 황톳길을 막고 서서 돌팔매를 던지며 감독조와 경찰이 접근하지 못하도록 방어하고 있었다. 퇴근했던 사무직원들과, 운지로 나가 있던 십장들을 태운 삼륜차가 먼저 도착했고, 이어서 아세아건설의 노란색 덤프트럭에 제3공사장의 감독조원들이 타고 왔다. 조원들은 철근과 몽둥이 같은 것들을 손마다 들고 있었다.

여태껏 궁지에 몰렸던 봉택이네는 패거리들이 증강되자 기가 나서 인부들 앞으로 밀고 들어갔으며 제3공사장의 조원들은 창고 방향과 황토의 언덕 사이를 끊기 위해 오른쪽으로 돌았다. 조원들의 저돌적인 기세에 인부들은 돌팔매와 야유로 응수하면서 언덕길 위로 차츰차츰 후퇴해갔다. 언덕의 측면으로 오른 제3공사장 패들은 무기들을 휘두르며 인부들의 뒤로 협공해 들어갔다. 인부들의 대열이 일시에 무너지기 시작하며 삽자루와 몽둥이가 부딪치고 넘어지고 뒤에서 치며 앞에서 박는 난장판이 벌어졌다. 쌍방에 부상자가 서너 명씩 불어났고, 인부들은 동료들을 부축해서 언덕 위로 몰려 올라갔다. 메가폰이 소리쳤다.

"더이상 접근하지 마시오. 인부들이 함바로 완전히 돌아갈 때까지 절대로 접근하면 안 됩니다. 경고합니다……"

인부들은 이제 경찰도 믿을 수 없고, 회사에 조정된 적이 바로 눈앞에 있었으며, 함바는 아무래도 방어가 허술한 상태여서 누가 제의하기도 전에 함바 뒤의 독산으로 쫓겨 올라갔다.

동혁은 우선 환자들이 걱정이 되어 5함바 쪽으로 뛰었다. 장씨는 어디론가 가버리고 판술이와 한동이만이 함바 툇마루에 맥을 놓고 앉아 있었다. 판술이가 황망히 지나쳐가는 사람들을 질린 얼굴로 두리번거리며 중얼댔다.

"일이 크게 벌어진 거 같은데."

"대위 형은?"

"정신이 들었어요."

"오씨는 어떻습니까?"

"오가는 바로 일어서질 못해요. 완전히 허리를 망가뜨린 모양이데. 이젠 큰 힘을 못 쓸 거요."

"독산으로들 가십시다. 환자는 그애들도 손대지 못할 거요. 감독조 놈들 악이 받쳐 있소."

"우리보다 수가 훨씬 적지 않은가요?"

"3공사장 패들이 한꺼번에 몰려왔어요. 경찰들까지 합세해 있소."

"그렇다고 백오십 명이 넘는 사람들이 독산으로 쫓겨 올라 가요?"

"워낙 밑바닥에서 굴러다닌 신세들이라, 관의 제복만 보면 힘을 쪽 빼버리고 마는 모양입니다. 모두들 단단히 켕겨 있어요."

"산꼭대기서 도대체 뭘 한대요."

한동이가 투덜댔다. 동혁이 말했다.

"국회의원들이 올 때까지 버티는 수밖에요. 만약 우리가 끈질기게 버틴다면 회사 체면두 있으니, 타협을 안 붙곤 못 배길걸. 우릴 산 위에 그대로 방치해뒀다간 이번 공사로 노렸던 의미는 무효가 될 테니까."

방안에서 대위의 가냘픈 음성이 들려왔다.

"이씨 거기 있소?"

동혁이 그제야 쪽문을 열어젖혔다.

"정신이 좀 들었어요?"

대위는 캄캄해진 방안에 셔츠 조각으로 감싸고 누워 있다가, 문이 열리자 툇마루 쪽으로 안간힘하며 기어왔다. 그의 얼굴은 말라붙은 피를 닦아내지 못한 채 펑퍼짐하게 부어올라 있었다.

"날 여기 남겨둘 작정이오?"

한 시간 전까지만 해도 팔팔하게 성이 나서 날뛰던 대위는 이미 눈에 초점을 잃어 흐리멍텅하게 보였다. 동혁은 대위를 달랬다.

"형은 중환자요. 산 위에서 아무래도 노숙을 할 모양이니, 그런 몸으론 지탱하기 어려울 겁니다. 여기 남아 있노라면 저희들도 사람이니 손은 못 댈 거요. 또 외부의 눈도 있으니까 읍내 병원에라도 입원시킬 테지……"

"싫소, 나는 첨부터 쟁의만 바라고 여기 눌러 있었시다."

동혁은 연방 공터 쪽을 바라보다가 어슬렁대며 여유 있게 올라오고 있는 서너 명의 감독조원들을 보자, 재빨리 대위를 끌어안아 툇마루에 앉혔다. 대위는 흔들려진 두개골의 아픔을 참느라고 상을 몹시 찡그리고 입을 벌렸다.

"자, 업히쇼."

오가도 남지 않겠다며 손짓으로 애원했으므로 판술이가 그를 업었다. 그들 다섯 사람은 인부들의 뒤를 따라 독산으로 올라갔다. 경찰들은 공터를 막아 10함바의 끝에까지 진을 벌였고, 감독조원들이 독산 쪽으로 다가들고 있었다.

땅거미가 내려 덮어 사방은 컴컴해졌으며 어둠은 재빨리 짙어졌다.

산 위에서는 인부들이 작업을 벌여놓기 시작했다. 정상 부근의 바위를 따라서 돌로 담을 쌓았으며, 쉽게 오를 수 있는 등성이 쪽에는 여덟 자 매듭의 철조망을 풀어 차단하고 있었다. 그들은 바위 뒤편 안전한 곳에 함바에서 가져온 이불을 깔고 난투중에 부상당한 사람들을 뉘어놓았다. 돌팔매로 쓸 자갈을 배낭이나 부댓자루 속에 가득 넣어 힘들여 끌고 올라온 인부들도 있었다. 어떤 자는 창고에서 가져갔던 폭약의 포장 상자를 뜯고 밀초처럼 생긴 남포를 십여 개나 꺼냈다.

경찰은 함바에 도착해서 양쪽의 사태를 관망하고 있었고, 기세가 등등한 감독조원들이 주위가 어둡기 시작하자 독산 위로 기어올랐다. 한 인부가 말했다.

"맛 좀 보여주자!"

폭약을 갖고 있던 인부 몇 사람이 심지에 불을 붙여 등성이 아래로 던졌다. 몇 군데서 요란한 폭음과 흙먼지가 일어나며 잔돌들이 사방으로 튀어 날았는데다가 바위까지 굴러내렸다. 의외에도 그 위력은 상대편들을 겁주기에 충분했으며 조원들은 기가 죽어 독산 아래로 재빠르게 쫓겨 내려갔다.

주위가 완전히 캄캄해지자 인부들은 자기들이 고립되어 있다는 걸 실감했고, 군데군데 그들이 지피기 시작한 폐유의 모닥불이 벌겋게 타올랐다. 강 건너 마을로 내려갔던 사람들이 함지에 주먹밥을 가득히 해갖고 돌아왔다. 그들은 전표팔이에 남았던 현금을 각 함바마다 공평하게 식비로 털어 내놓았던 것이다. 인부들은 이곳저곳에 모닥불을 중심으로 모여 앉아 두런두런 얘기를 주고받았다. 한동이가 3실 몫으로 타온 다섯 개의 주먹밥을 한 사람씩 돌렸다. 머리를 싸매고 이불을 말아 깔고 덮고 한 대위는 한동이가 내미는 주먹밥을 보자 고개를 저으며 낮은 신음소리만 냈다. 대위가 힘없이 말했다.

"그보다 물이 먹고 싶다."

"몇 사람이 강으로 길러 갔으니까 곧 물이 올 거야. 조금만 참으슈."

"상처는 어떻습니까?"

동혁이 묻자 대위는 억지로 몸을 뒤채어 돌아누우며 말했다.

"글쎄 몹시 쑤시고 출혈이 그치지 않는 것 같소."

대위는 다시 소지품 꾸러미에서 수건을 꺼내주기를 부탁했다. 그는 피가 계속해서 배어나오는 머리를 동여맨 셔츠 조각 위에 수건을 덧붙여 싸맸다.

강 건너 어둠 속에 마을의 불빛들이 가물가물 흔들리고 있었다. 왼편으로는 운지 읍내의 환한 불빛이 바라보였고, 바람소리에 섞여 해조음이 먼 곳에서 들려왔다. 돌아누운 대위가 혼자 중얼거렸다.

"참 먼 데루 흘러왔구먼……"

주먹밥을 베어 물던 동혁이 대위에게 물었다.

"뭐요…… 뭐라구 그러셨수?"

"동네 집 불빛이 무척 멀어 보여서 말요."

동혁은 강 건너 어두운 벌판 위에 찍힌 마을의 불빛들을 물끄러미 바라보았다. 그는 한참을 보노라니까 불빛의 빛살들이 씨앗의 잔털처럼 퍼져 눈앞에 아주 가까이 다가온 듯했고, 불점 사이의 간격들도 좁아진 것 같은 착각을 했다. 나지막한 처마밑에 하나둘씩 불이 켜지고 가까워진 창문들이 자기의 귓전에 와서 두런대는 소리라도 들은 것 같았다. 동혁이 말했다.

"코끝에 닿을 듯이 보이는데……"

"나는 아주 멀어 보인단 말요."

말하면서 대위는, 마을의 불빛들이 들판을 밤열차처럼 요란한 고함을 지르며 미끄러져 달아날 것 같다고 생각했다. 그는 자기가 낯선 곳에 강제로 하차되었으며, 모든 불빛들은 지정된 땅으로 저희들끼리만 발차해가는 듯한 느낌이었다. 대위가 중얼거렸다.

"정말 내 한몸 살기두 어려운 세상이오."

동혁은 대꾸 없이 식사에 열중했다. 대위는 집 동네를 머릿속에 떠올리려고 애썼으나, 그가 아내와 헤어진 후 잠깐씩 얹혀살아온 지방 공사장 부근의 삭막한 마을들이 떠오를 뿐이었다. 그가 돌아다니게 된 건 미장이 시다 노릇을 하던 때 미장이로부터 뜨내기 일꾼에 대한 그럴듯한 경험담을 듣고서였다. 미장이의 말은 사는 걸 어렵게 생각 말고 쉽게 살려고 애쓴다면 부랑 노무자처럼 속 편한 게 없다는 거였다. 막상 겪고 살아온 이제 와서 그자의 말이 입에 발린 헛나발이란 걸 대위는 알고 있었다. 그렇게 절후가 꼭꼭 맞아떨어지며 일거리가 가는 곳마다 기다린다면 그는 평생을 객지로 떠돌아다녀도 여한이 없을 거였다. 대위는 지금 굳게 닫힌 철문이나 성벽에 머리를 부딪고 피를 흘리고 있는 게 아닌가 하는 생각이 들었다. 문과 담벽은 어느 곳에서나 요지부동이었던 것이다.

"누가 올라오는 모양이군."

동혁이 일어서서 등성이 아래쪽 어둠 속을 내려다보았다. 인부들은 양쪽 등성이에 철조망을 늘여놓고 그 끝에 다이마쓰를 가진 망보기를 한 사람씩 세워놓았는데, 그가 아래에 대고 누구냐고 소리를 치고 있었다. 밑에서는 함바에서 오는 사람들이라고 대답해왔다. 횃불 빛에 가까이 온 장씨와 서넛의 낯익은 인부들 모습이 비쳐왔다. 그들은 산 위에 올라 동료들의 살벌한 모습들을 보자 처음엔 어리둥절한 모양이었다. 함바의 윗손 인부가 말했다.

"채 못 올라오고 함바에 남았다가 간신히 빠져나오는 길이오."

동혁이 장씨에게 물었다.

"아래 눈치는 어때요?"

"함바에 남은 사람들에겐 특식이 나왔네. 술판을 벌여놓구 법석일세."

"쓰레기 같은 개새끼들!"

하고 누군가 옆에서 욕을 씹어뱉었다. 1함바 인부가 계속해서 상황을 얘기했다.

"감독조들은 산 아래를 지키고, 경찰들은 모두 매점에서 밤을 새울 모양입디다. 직원들두 거기 같이 있어요."

"소장이 무슨 말 없습디까? 남은 사람들에게 몇 마디 했을 텐데."

"내일 저녁까지 농성을 하도록 내버려둘 순 없대요. 요구조건을 사정이 닿는 대루 받아들일 눈치요."

듣고 있던 인부들이 일시에 와글거리며 환성을 질렀다.

"그거 봐. 우리가 이겼다. 이젠 밟지 못할걸."

"감독조 새끼들이 먼저 떨려나야 해."

"이제부텀 뼛골이 빠져두 보람이 있겠구나."

장씨가 말했다.

"모레 오전에 국회 답사단이 오는데, 내일 저녁까지 내려오지 않는 인부들은 해고하고 경찰에서도 구속한다던데."

"뚜렷한 보장이 서야만 내려갈 거 아닌가. 뭣 빨라고 산꼭대기서 노숙을 하며 고생하는 바에야……"

"소장이 낼 아침에 각서를 써서 올려보낸대요."

"그 새낄 어떻게 믿어?"

"저쪽에서 부드럽게 나온다면 내일 저녁때쯤에 슬슬 내려가봅시다. 여차하면 다시 올라오면 될 거 아닌가."

3함바의 고참 인부가 훨씬 누그러진 태도로 말했고, 동혁이 코웃음치며 말했다.

"한번 내려가면 다신 못 올라올 겁니다. 사무실측이 현재 꿀리는 건 모레 오전 때문이오. 그다음부터 칼자루는 저쪽이 쥐게 됩니다."

"모두 함께 일으켰다구 그럴 테니 걱정 마쇼. 보복하지 말라는 확답을 얻게 되면 무슨 상관이 있겠소?"
라고 3함바 인부는 말했다. 동혁은 그들을 떠나 대위가 있는 모닥불가로 되돌아가며 말했다.

"이렇게 맞서고 있는 상태를 잃으면 말짱 헛것이 될 거요. 잘 생각해서 행동합시다."

동혁은 인부들이 소장이나 감독조와 맞대어 이제까지 당해

온 수모에 대한 불평을 한탄조가 아닌 직접적인 행동으로 터뜨린 것은 우연한 일이 아니라고 믿고 싶었다. 그는 인부들 각자가 지나치게 부당한 스스로의 조건들을 깨달았기 때문이라고 생각했다. 그들은 삽자루나 등태가 아니었던 것이며, 빚을 지고 있는 피로한 날품 인부였다. 동혁이 대위의 옆에 가서 털썩 주저앉았다. 대위가 가까스로 머리를 쳐들어 아래편을 보려 애쓰며 동혁에게 물었다.

"무슨 일이 생겼소?"

"사람들이 흔들리고 있어요. 난 어째야 좋을지를 모르겠소. 하루도 못 가서 믿을 만한 사람들까지 어리석은 말을 하구 있어요."

"누가 온 모양이던데……"

"함바에 남았던 사람들이 몇 명 올라왔는데, 회사측이 내일 저녁까지 선을 긋고 조건을 받아들이겠다는군요. 나는 국회의원들 앞에서 공식적인 타협을 할 생각이었는데요."

동혁은 지글대며 타오르는 기름불을 멍청히 들여다보았다. 대위가 말했다.

"저기…… 장씨 아니오?"

"늙은 사람들은 줏대가 다 말라비틀어져서, 함바에 남아 있는 게 차라리 나을 텐데."

"혹시!"

대위는 머뭇머뭇하며 말했다.

"떡밥 아닐까? 나중에 올라온 치들……"

"모르죠, 매일 희망 없다는 소리나 입버릇처럼 뇌까리는 늙은 인부들이니…… 그렇지만 애초에."

동혁은 희미한 동작으로 고개를 저으며 말했다.

"여기 올라온 것부터가 우리 각자의 자유의사 아녔습니까? 모두들 내려가도 버티고 싶으면 버텨야지."

"저치들 도루 내려보내요."

"내가 뭔데요?"

"지금 저 사람들 아무것두 모르구 기분에 따라 갈팡질팡하는데 알게 해줘얄 거 아뇨?"

동혁은 잠시 말을 끊었다가 대위의 어깨 위로 흘러내려온 이불깃을 여며주고 나서 말했다.

"무서운 생각이 자꾸만 들어서……"

"어린애처럼 뭐가 또 무섭소?"

"내 마음대로 할 수는 있는데, 어떻게 해야 좋을지를 아직 모르겠군요. 그렇지만 누가 알아나 줄지 모르겠소."

라고 동혁은 말했다. 그는 구부려 세운 무릎 위에 팔을 걸쳐 턱을 괴고 앉아 깊은 생각에 잠겼다. 모닥불의 윗부분은 엷은 감색 테가 둘려 있고, 그 아래편은 보다 엷은 암황의 그늘이 져 있으며 더욱 아래는 불기의 공간이 있었다. 바람이 불리는 방향으로 불꽃이 몰릴 때마다 엷은 그늘이 짙은 노랑으로 변했다. 땅바닥을 핥고 있는 부분은 정결하고 고운 푸른색이었다. 불길이 땅바닥에 부은 기름 흔적대로 타올라 위로 솟으면서 곧 땅을 떠나 날 듯이 날름거렸다. 서로 핥고 비벼대는 불꽃 머리가 격랑처럼 보였다. 동혁은 폐유 깡을 들어 불길 위에 조심스럽게 부었다. 불길이 확 퍼져올라 그의 눈썹을 그슬렸다. 퍼져오른 불꽃이 다시 낮아지며 아까처럼 끊임없이 춤추고 있었는데, 일정한 공간에 갇힌 새의 날갯짓 같았다. 동혁은 자꾸만 기름을 붓고 싶었다.

초여름의 폭양曝陽이 그들의 벗은 등을 줄기차게 내리쬐고 있었고, 산 위에는 머리통 하나 가릴 한 점의 그늘도 없었다. 그들은 긴 거리를 달려온 개처럼 헐떡였다.

"노무자 여러분, 나는 현장소장입니다. 지난밤 산 위에서 얼마나 고생이 많았습니까? 우리는 이제까지의 행정적 과오를 깨닫고 여러분들의 요구대로 무조건 시정하기로 결정했음을 알려드립니다. 첫째로, 노임은 여러분이 건의한 바와 같이 도급 임금과 동일하게 인상해드리겠습니다. 둘째로, 시간 노동제를 실시해서 정오 휴식시간을 한 시간 동안 배정하고 정한 시간에 일제히 작업 종료를 시키겠으며 부득이한 경우, 노동시간이 초과될 때에는 초과수당을 지불해드리겠습니다. 셋째로, 감독조를 해산시키겠습니다. 넷째 번 사항은 아직 시간이 걸리므로 현상대로 두고 차차 시정하되, 전표를 식권과 직결시켜서 남는 액수는 현금으로 지불해달라는 여러분의 요구는 이행할 수 있으리라 믿습니다. 노무자 여러분, 듣고 있습니까? 지금 다른 노무자들은 모두 개선된 상태 아래 즐겁게 작업에 임하고 있습니다. 여러분들의 요구가 이같이 철저하게 이루어진 이상 무엇을 또 기다리십니까? 여러분 중에 환자가 있다고 알고 있습니다만, 그분들을 한 시각이라도 빨리 치료해줄 의무와 책임이 우리와 여러분 양쪽에 있다고 생각되지 않습니까? 빨리 내려와주세요. 잠시 후에 허심탄회하게 얘기해보고 나서 결단을 내립시다. 환자를 데리고 내려오시기 바랍니다."

대형 스피커에서 간간이 삑삑거리는 잡음 소리를 내며 소장의 책을 읽어대는 듯한 단조로운 말이 들려왔다. 다른 자의 카랑카랑한 목소리가 뒤를 이었다.

"방금 회사측에서 밝힌 바와 마찬가지로 여러분의 요구는 정당하게 이루어졌다고 아는 바입니다. 아시다시피 우리 경찰은 처음부터 절대 중립을 지켜왔고, 앞으로도 또한 적극적인 개입을 하지 않을 것입니다. 경찰은 어떠한 보복 조처라도 없어야 될 것을 회사측에 당부하고, 주동한 사람들에게까지 최대한으로 관대하게 대우할 것을 약속합니다. 쟁의에 참가한 여러분의 신념을 존중하고 심적인 여유를 드리는 의미에서 오늘 저녁까지 시간을 정하였습니다. 그전에 농성을 중지하고 내려온다면 다시 이곳 작업장에서 건설에 임할 것이며, 만약에 끝까지 농성을 벌여 치안을 혼란시킨다면 관의 명예를 위해 한 사람도 남김없이 준엄하게 다스릴 것입니다. 현명한 판단으로 농성을 중지하기 바랍니다."

독산 위의 인부들은 아무도 움직이지 않고 스피커에서 흘러나오는 모든 말들을 하나도 빼놓지 않고 들으려는 듯했다. 매점의 지붕 끝에 스피커가 달려 있었는데, 사무실 사람들과 경찰은 안에 있는 모양이었다. 공터에는 햇볕만이 내리쬐어 황토가 더욱 붉어 보였고, 함바는 집집마다 텅 빈 것 같았다. 웅웅거리는 요란한 스피커 소리가 꺼지자 합숙소 주변에는 햇볕만이 남아 있는 것처럼 보였다.

멀리 제1채석장 편에서 암벽을 뚫는 착암기의 발동 소리와 돌 깨는 소리가 희미하게 들려왔다. 산 위에서는 훨씬 드넓게 보이는 바다 위에 게딱지만한 견인선이 하얀 포말을 일으키며 움직이고 있는 게 보였고, 현지 인부들은 해변에서 전과 다름

없이 객토 작업을 하느라고 꼬물거렸다. 그들을 외면한 채 작업은 평상시와 마찬가지로 진행되고 있었으며, 인부들은 어쩐지 산 위에서의 농성이 어리석지나 않은가고 생각했다. 갈증과 무더위로 말을 잃은 인부들은 정상의 여기저기에 흩어져 앉아 서로 얘기 나누기를 꺼리는 눈치였다. 그들은 각자가 떨어져 앉아서 서로 간에 참견하고 싶지 않은 듯 보였다.

대위의 얼굴이 콧날을 구별할 수 없을 정도로 부어올라 전혀 딴사람이 누워 있는 것 같았다. 그는 간밤에 밤새껏 신음소리를 내며 앓았다. 대위는 이마 위에 식은땀이 송골송골 맺혀 있었는데도 오한으로 이불을 말아 쓰고 끊임없이 떨고 있었다. 게다가 쉬파리가 안면으로 날아 앉아 그를 괴롭혔다. 사실, 인부들 외에도 산에는 쉬파리가 있었던 것이다. 새벽부터 어디선가 줄기차게 모여들었고, 그 수는 점차로 증가되었다. 하룻밤 새 배설한 분뇨의 냄새와 밥찌끼, 땀에 젖은 사람의 살냄새가 그것들을 모아온 게 틀림없었다. 동혁이 대위의 옆에 지켜 앉아 가끔씩 파리를 날려주고 있었으며, 대위가 순대 거죽처럼 말라붙은 입술을 움직거렸다. 동혁은 그가 물을 찾는 걸 알고 물이 담긴 소주병을 기울여 입술을 적셔주었다. 대위는 쉰 목소리로 더듬더듬 말했다.

"오늘이 마지막…… 고비인 것 같소."

"상처가 덧나지 않았는지 모르겠는데…… 참을 만하쇼?"

대위가 고개를 저었다.

"상처가 아니라, 농성…… 말요."

"오늘밤만 넘기면 될 텐데, 모두들 맥이 풀려버린 것 같아요. 저쪽이 너무 순순하게 나오니까 어리둥절한 겁니다. 오래 버티다가 손해를 본다는 생각들인 모양이오."

"그러게…… 초장 끗발은 똥끗발이지."

"아직까지는 우리가 유리합니다."

장씨는 등뒤로 날아붙는 파리들을 웃저고리로 휘휘 날리며 바위에 기대앉아 있었는데, 주변에 한동이와 판술이 그리고 5 함바 다른 방의 몇몇 인부들이 모여 앉아 작업장 쪽을 내려다보고 있었다. 장씨가 동혁이 쪽을 힐끗 보고 나서 심드렁하게 한마디했다.

"젠장…… 더 기다릴 거 있는가?"

수로 작업조가 삼태기에 흙을 날라가는 모습이 보였고, 활기차게 장단 맞추는 가락이 선명하게 들려왔다. 정오에 전에 없었던 휴식 종소리가 울렸을 때, 각 작업장의 현지 인부들은 그늘을 찾아서 흩어졌으며, 참가하지 않은 그들의 동료 인부들이 함바에 점심을 먹으러 올라오던 광경을 그들은 똑똑히 보았었다. 작업하는 사람들의 단조로운 장단 타령 소리를 듣고 있던 한동이가 불만스런 목소리로 투덜댔다.

"우린 뭐야…… 남 좋은 일만 시켜줬잖아, 저기선 신나게 돈벌일 하는데……"

"휴식시간이 꽤나 길던걸, 줄곧 지켜봤는데 그늘에서 낮잠을 자는 녀석들두 있었어."

판술이도 말했다.

"기왕에 나왔으니 말이지만…… 이런 데선 가만 앉아 주는 떡이나 받아먹는 놈들이 약은 거야."

"감독조 새끼들만 없었더라두 해볼 만했었지, 그 새끼들이 미워서 한번 붙어보자는 거였지."

장씨가 그들의 말끝에 덧붙였다.

"봤나들? 저런 정도라면 호화판일세, 내 여태껏 여러 공사판엘 다녀봤지만, 이렇게 큰 성과를 본 쟁의는 없었네."

2실 사람이 말했다.

"성과가 있을지 없을진 두고 봐야 하구요. 모두들 생각이 있을 거니까 따라서 같이 행동하면 되겠죠."

장씨가 담배를 말고 있다가 흐트러뜨리며 2실 사람을 핀잔했다.

"내 원 참, 답답하기는…… 이 사람아, 뭘 두고 봐? 눈이 없는가? 귀가 없는가, 저기 작업장을 보란 말일세."

"저쪽에서 속임수를 쓰는지 어찌 알아요?"

"귀찮아서 말하기도 싫으이. 우리네는 성미가 유해놔서 이런 짓은 내키질 않았네만, 노임이 올라주기만 기다렸네."

"저 늙은이가……"

대위가 두 팔을 쳐들어 몸을 일으키려다가 옆으로 쓰러졌다.

"아직 뒈지지 못하구선…… 저 꼴이니 아직도 공사판엘 붙어 있지."

장씨가 곧 잠잠해졌다. 동혁은 아무 말 없이 장씨의 연초 쌈지를 끌어다 담배 한 대를 말아 돌려줬다. 장씨가 입에 물자 동혁은 불을 붙여주며 다정하게 말을 걸었다.

"아저씨 심정은 잘 알겠어요."

"나는…… 뭐, 모두 무사하게 끝나 같이 일하게 되길 바라구 하는 얘기가 아닌가. 저 사람 기분을 건드릴 생각은 없었다네."

"알겠어요."

그들은 기분이 언짢아져서 묵묵히 함바를 내려다보기만 했다. 대위가 잔뜩 쉰 목소리로 장씨를 향하여 긴 욕설을 내씹고 나서 반응이 없자, 손가락질을 하며 말했다.

"저…… 송장 같은 늙은이, 떡밥이다!"

장씨는 등을 돌리고 앉은 채 대꾸하지 않았다. 판술이가 말했다.

"거 무슨 소리요? 노인 양반한테…… 환자면 누워나 있으슈."

"아닐세……"

하고 나서 장씨는 일어섰다. 장씨가 그들 곁을 떠나며,

"자네가 내 깊은 속을 알 턱이 있겠나? 그렇잖아두 종기란 놈이 찾아왔더라만……"

하는 알쏭달쏭한 말을 대위에게 던졌다. 대위가 중얼거렸다.

"비서가 무슨 일로 장씨를 찾아갔는지는…… 뻔한 일이지."

그러나 동혁은 장씨가 협상을 붙이려 올라온 것처럼 보이는 다른 인부들과 똑같다고는 믿지 않았다. 장씨는 다만 그들을 염려하고 있는 것 같았으며 새로운 사태를 두려워하는 모양이었다. 동혁에게는 장씨가 쟁의에 대한 확신을 일찌감치 포기해 버린 사람인 것만은 분명한 듯이 느껴졌다. 1함바 윗손 인부가 무더위에 헐떡이며 앉아 있는 주위 인부들에게 못 견디겠다는 듯이 소리쳤다.

"내려갑시다. 더 있어야 할 명분이 없지 않소?"

"저쪽에서 임시방편으로 넘어가고 보자는 수작인지…… 어찌 알겠소?

"고지식한 소리 하네! 저쪽도 체면이 있는데, 우리들 앞에

공적으로 말하고 나서 취소할 수 있겠소."

그의 곁에 있던 사람도 내려가자는 의견에 많이 흔들린 어조로 말했다.

"기다려봤자…… 사장님 대우를 받을 것도 아니겠구. 개인적인 유감이라야 조원 새끼들한테 나중에라두 풀 수가 있으니까."

스피커의 잡음 소리가 커지더니 또 말이 흘러나왔다.

"여러분, 나는 2함바의 인부요. 방금 사무실측에서 감독조원들을 해고시켰어요. 모두 떠날 거라고 합니다. 여러분들 덕택에 우리는 인상된 노임을 받으며 편하게 일을 하게 되어 각 작업장에서 열심히 일하고 있습니다. 많은 일거리가 여러분들을 기다리고 있어요."

딸깍, 끊어졌다가 직원인 듯한 자의 목소리가 들려왔다.

"환자를 데리고 내려와주세요. 환자만이라도 내려보내야 되겠습니다. 밑에 의사와 간호원이 기다리고 있습니다. 지금 우리는 노동력이 대단히 부족한데다 작업 진척이 늦어져 한시가 급합니다. 내일부터라도 정상적인 작업에 임하려면 농성을 그쳐야 하겠습니다. 소장님께서 직접 산으로 올라가진 못하니까, 인부 대표는 환자와 함께 내려와 타협해주십시오."

정상에서 똑바로 위치한 곳에 매점이 내려다보였는데, 문으로부터 노란 헬멧을 쓴 대여섯 명의 사무실 사람들과 아침에 돌아가지 않고 남아 있던 십여 명의 경찰들이 몰려나왔다. 매점 옆의 5함바에서도 사람들이 몰려나와 공터를 지나 언덕 아래로 내려갔다. 한동이와 몇몇 인부들이 떠들었다.

"봐요! 감독조 새끼들이 짐을 싸들고 쫓겨가는걸."

"차를 탔어."

"공사장 밖으로 아주 꺼질 모양인데."

어제 동혁과 함께 인부들의 앞장을 섰던 3함바 고참 인부가 동혁에게로 걸어왔다. 그는 웃는 낯이었다.

"어떻게 할 셈이오?"

"글쎄요, 여러분들 내키는 대루 해야겠지만, 내 생각은…… 내려가면 또 달라질 수도 있을 거란 말입니다. 저 사람들은 임시 조처로 우릴 꾀어내려는 게 분명합니다. 그리고, 나는 나중에 올라온 사람들의 말을 의심하구 있어요."

"떡밥이 분명하다니까."

하며 대위가 말했다. 그는 오한과 헛구역질로 거의 녹초가 되어 있었으나 보통 때의 성깔은 죽지 않은 듯했다.

"떡밥이구 뭐구, 우리가 속지 않으면 될 거 아닙니까? 형씨 말고도 환자가 셋이나 되는데 출혈이 심하오. 우선 치료를 받아야지."

"내일까지 버티지 못한다면 완전히 저쪽의 놀림감이 될지도 모릅니다."

"환자는……"

하며 고참 인부가 주저했다. 동혁은 떨고 있는 대위를 한동안 내려다보고 나서,

"내려보내야죠."

"싫소!"

대위가 눈을 크게 부릅떴다. 고참 인부가 짜증을 냈다.

"그건 헛깡이오, 이 친구야."

"내려가쇼. 형이 할 일은…… 이제 아무것도 없잖아요."

"이씨까지 그러긴가?"

"형은 여기선 쓸모가 없어요."

동혁이 단호하게 말했다. 대위는 한마디 더 하고 싶은 듯했으나 힘을 잃은 듯이 쳐들었던 머리를 뒤로 떨어뜨렸다.

"내려가서 확실한 보장을 얻어갖구 올라오겠소."

"마음대로 하십시오."

고참이 환자들을 나를 사람들을 찾자, 인부들이 우르르 뛰어왔는데, 그는 네 사람을 지명했다. 그들은 대위를 이불째로 들어올렸고, 대위가 동혁을 마주 바라보았다. 동혁은 그에게 고개를 한 번 끄덕였다. 대위가 입술을 움직거렸지만, 뭐라고 말

하는가 들리지는 않았다. 소장은 네 사람의 환자를 떠메고 산 비탈을 내려오는 인부들의 작은 무리를 흡족하게 바라보았다.

"제깟 것들이……"

소장은 혼자서 빙긋 웃었다. 감독조를 짐짓 3공사장으로 보내길 잘했다고 그는 생각했다. 사실은 그들이 없으면 인부들을 통솔하기가 매우 어려운 실정이었다. 원하는 대로 모두 수걱수걱 들어주고 나면 길 잘못 들인 강아지 새끼처럼 또 무엇을 달라고 보챌지 몰라 불안할수록, 더욱 감독조는 필요했다. 그래서 잠잠해질 때까지 당분간 보냈다가 인부들과는 낯선 다른 패들로 교대시킬 뿐이었다. 현재 노임도 올렸고 시간 노동제도 실시하고 있는 척할 수밖에 없지만, 우선 내일의 행사를 위해 숨 좀 돌려보자는 게 그의 속셈이었다. 그다음엔 주동자들을 먼저 아무도 모르게 경찰에 데려다가 책임을 물어 따끔하게 본때를 보인 후, 여비나 두둑이 주어 구슬리며 딴 지방으로 쫓아 보낼 작정이었다. 그의 손에는 쟁의에 참가했던 인부들의 명단이 저절로 들어와 있는 셈이었다. 그들 불평분자의 절반쯤은 3공사장 인부들과 교대시키고, 나머지는 남겨두되 각 함바에 뿔뿔이 흩어지게 배당할 거였다. 점차로 시간을 보내면서 하나둘씩 해고해나갈 것이었다. 차츰차츰 작업량을 늘리고 작업장을 줄여가면 남는 인부가 많게 될 테니 열흘도 못 가서 감원할 구실이 생길 거였다. 따라서 인상되었던 노임을 차츰 낮추며 도급을 계속 시키면 인부들이 모르는 사이에 전과 같이 만들 수가 있을 게 뻔했다. 한편 감원시키고, 날마다 공사장을 찾아드는 뜨내기들을 한편 채용해나가면 어항에 물 갈아넣는 것처럼 인부들은 모두 새 사람으로 바뀔 것이었다. 소장은 이 모든 일들을 열흘 안으로 해치우고 원상복구를 해놓을 자신이 있었다. 그는 어느 누구도 엄연한 현실을 뛰어넘을 수는 없다는 것을 잘 알고 있었다. 인부들이 가까이 다가오자 그는 옆의 직원들에게 지시했다.

"저 사람들과 환자를 데리고 사무실로 내려가게."

인부들은 약간은 불안하고 어리둥절해 보였다. 3함바의 고참 인부도 몹시 계면쩍어하는 빛으로 소장과 마주섰다. 직원들과 내려온 인부들은 환자를 떠메고 사무실 쪽으로 내려갔으며 고참 인부만이 남아 소장과 얘기했다.

"위에서는⋯⋯ 의심하는 사람들이 아직 많습니다. 보증이 될 만한 각서 같은 걸 원하구 있는데요."

"각서⋯⋯?"

"건의했던 조건이 앞으로 변경 없이 실시되리란 걸, 우리는 확실히 믿을 수가 없으니까요."

"좋아, 써주겠네."

"또 한 가지 있습니다. 곧 내려올지도 모르지만, 경찰들을 물러가게 하셔야죠."

"그 대신 저녁 전까지 모두 내려올 수 있겠나?"

"소장님의 처사에 따라서 위에 있는 사람들은 움직일 겁니다."

소장은 호탕하게 껄껄 웃어젖혔다.

"알았네, 경찰들을 모두 돌려보내도록 하지."

3함바 인부는 산 위로 되돌아갔고 환자를 운반하며 사무실로 간 인부들은 돌아오지 않았다. 그들은 새삼스럽게 산꼭대기로 올라가기가 쑥스러워진 모양이었다. 3함바 고참 인부는 돌아가자마자 동료들에게 소장이 써준 각서를 보여주며 말했다.

"내일 국회의원들이 온다 해도 기왕에 오늘 경찰과 사무실 쪽의 뚜렷한 행동을 본 이상, 뭘 기다리겠소? 의원들 앞이라고 별다른 게 없을 거요."

"저 사람들 정해놓은 시간이 저녁때까진데 우리도 저쪽 체면을 봐줘야지……"

그들 곁에 있던 장씨도 한마디 거들었다.

"내 경험상으로 미뤄봐서…… 일이 이렇게까지 결정됐는데 더 버틴다면 그만큼 우리 손해요. 어디 노가다판에서 한두 번 봤어야지, 다 뻔한 이치라구."

"내려갑시다."

"술이나 한잔 걸치구 늘어지게 잤으면 좋겠구나!"

"정말 컬컬해 못 견디겠는데."

그들은 서로의 눈치를 살피고 있었는데, 환자와 함께 내려갔던 인부들이 오지 않는 이유를 여러 가지로 상상해보고 있었다.

작업 종료를 알리는 종소리가 들려왔다. 일터에 나갔던 인부들이 함바로 모여들고 있었으며 그들은 무심하게 공터 주위를 어슬렁거리고 있는 듯이 보였다. 3함바 고참 인부가 혼자 떨어져 앉아 생각에 잠긴 동혁의 등뒤로 가까이 왔다.

"우린 지금, 내려가기로 결정했는데……"

그는 잠깐 동혁의 뒤에서 서성거렸다. 동혁이 침울하게 대답했다.

"우리가 회사측에 관해서 생각하는 것처럼, 저쪽이 우릴 생각하는 줄 아시오? 저 사람들은 그동안 우릴 어떻게 취급해왔는지 잘 알 거요. 나는 내려가지 않겠소."

"좋을 대루 하슈, 그건 당신 자유니까."

"당신도……"

하며 동혁이 벌떡 일어섰다.

"만일 나와 생각을 같이하는 인부가 한 사람이라도 있다면 나는 함께 행동하겠소."

"내일까지 기다릴 작정이오?"

동혁은 그에게 대답하지 않고 바위가 우뚝 선, 보다 높은 쪽으로 올라갔다. 그는 앞으로 어떻게 될지는 알 수 없었으나, 이젠 이미 마음을 내일로 활짝 열고 있었으므로 자기에게 맞서올 어떠한 조건에 대해서도 자유로이 응할 수가 있을 것 같았다.

그의 발길에 뭔가 채어서 굴러갔다. 동혁은 무심결에 그것을 주워올렸다. 붉은 종이로 포장된 한 개의 남포였다. 그는 어제 한동이가 지껄이던 농담을 생각해냈고, 그것을 심지가 바깥쪽으로 가도록 입에 물어보았다. 꺼끌꺼끌하고 두터운 종이 포장 때문에 입안이 건조해졌다.

그는 바위를 등지고 함바를 향해 앉았는데, 독산을 내려가는 인부들의 모습이 몇 명씩 그의 눈앞에 아른거리곤 했다. 제방이 보였고, 그 너머로 무한하게 펼쳐진 바다의 수평선이 보였다. 숙부가 타고 있던 이민선이 바다 바깥을 다시 지나가고 있을지도 몰랐다.

그는 자기의 결의가 헛되지 않으리라는 것을 믿었으며, 거의 텅 비어버린 듯한 마음에 대하여 스스로 놀랐다. 알 수 없는 강렬한 희망이 어디선가 솟아올라 그를 가득 채우는 것 같았다. 동혁은 상대편 사람들과 동료 인부들 모두에게 알려주고 싶었다.

"꼭 내일이 아니라도 좋다."

그는 혼자서 다짐했다.

1943년 만주 장춘長春에서 출생.

1945년 해방과 함께 모친의 고향인 평양 외가로 나옴.

1947년 월남하여 영등포에 정착.

1950년 영등포국민학교에 입학했으나 한국전쟁 발발로 피란지를 전전함.

1956년 경복중학교 입학.

1959년 경복고등학교 입학. 경복중고교 교지 『학원學苑』에 수필 「나의 하루」, 시 「구름」, 단편 「의식」 「부활 이전」 등을 발표함. 청소년 잡지 『학원學園』의 학원문학상에 단편소설 「팔자령八字嶺」이 당선.

1960년 당시 국회의사당이던 부민관 앞과 시청 앞에서 4·19를 맞음. 함께 있던 안종길 군이 경찰의 총탄에 희생됨. 그의 유고시집 『봄·밤·별』을 친구들과 함께 편집 발간.

1961년 전국고교문예 현상공모에 「출옥하는 날」 당선. 봄에 경복고를 휴학하고 가출하여 남도 지방을 방랑하다 그해 가을에 돌아옴.

1962년 11월 단편 「입석 부근」으로 『사상계思想界』 신인문학상 수상.

1964년 한일회담 반대시위에 참가. 노량진경찰서 유치장에서 만난 제2한강교 건설노동자와 남도로 내려감. 신탄진 연초공장 공사장에서 일용노동. 그후 청주 마산 진주 등지를 떠돌며 여러 가지 일을 하다가 칠북의 장춘사長春寺에서 입산. 동래 범어사를 거쳐 금강원에서 행자 노릇을 하다가 모친과 상봉하여 상경함.

1966년 8월 해병대에 입대하여 이듬해 청룡부대 제2진으로 베트남전 참전.

1969년 5월 군에서 제대함.

1970년 조선일보 신춘문예에 단편 「탑」이 당선. 「돌아온 사람」 발표. 동국대학교 철학과 중퇴.

1971년 단편 「가화假花」 「줄자」, 중편 「객지客地」 발표.

1972년 단편 「아우를 위하여」 「낙타누깔」 「밀살」 「기념사진」 「이웃 사람」, 중편 「한씨연대기」 발표.

1973년 구로공단 연합노조 준비위를 구성하여 공장 취업. 단편 「잡초」 「삼포 가는 길」 「야근」 「북망, 멀고도 고적한 곳」 「섬섬옥수」, 중편 「돼지꿈」, 르포 「구로공단의 노동실태」를 발표함.

1974년 단편 「장사의 꿈」, 사북탄광에 대한 르포 「벽지의 하늘」, 공단 여성 노동자의 삶을 취재한 「잃어버린 순이」 발표.

4월 첫 창작집 『객지』(창작과비평사) 발간. 7월부터 이후 1984년 7월까지 10년 동안 한국일보에 대하소설 『장길산』 연재. 군사정권의 유신체제에 대한 저항운동 치열해짐. '자유실천문인협의회' 창설과 현장 문화운동 조직위에 참여.

1975년 단편 「가객」, 희곡 「산국山菊」 발표. 소설집 『북망, 멀고도 고적한 곳』(동서문화원), 소설선 『삼포 가는 길』(삼중당) 발간. 「심판의 집」 서울신문에 연재.

1976년 단편 「몰개월의 새」 「한등」 「철길」, 르포 「장돌림」 발표. 가을에 전남 해남으로 이주.

1977년 단편 「종노種奴」 발표. 『무기의 그늘』의 기초가 된 「난장亂場」을 11월부터 다음해 7월까지 『한국문학』에 연재. 『심판의 집』(열화당) 발간. 해남에서 '사랑방 농민학교' 시작. 호남을 중심으로 한 현장 문화운동 시작.

1978년 소설집 『가객歌客』(백제) 발간. 문화패 '광대' 창설. '민중문화연구소' 설립. 광주로 이주.

1979년 위 연구소를 확대 개편한 '현대문화연구소'의 선전·야학·양서조합 등의 문화운동 부문에 참여. 계엄법 위반으로 검거되었으나 기소유예 처분됨.

1980년 광주항쟁 일어남. 조직에 함께 참여했던 젊은 동료들 수십여 명 사상.

1981년 그동안 현장에서 썼던 희곡들을 정리하여 희곡집 『장산곶

매』(심설당) 발간. 소설선 『돼지꿈』(민음사) 발간. 시나리오 「날랑 죽거든 펄에나 묻엉」 발표. '광주사태 수사당국'의 권유로 제주도로 이주. 제주에서 문화패 '수눌음'과 소극장 창립. 4·3항쟁 연구모임인 '제주문제연구소'에 참여.

1982년 광주로 돌아와 '자유 광주의 소리' 시작. 〈임을 위한 행진곡〉이 담긴 첫번째 지하 녹음테이프 '넋풀이' 제작 배포.

1983년 광주항쟁의 진상을 알리기 위한 문화기획팀 '일과 놀이'에 참가. 산문 「일과 삶의 조건—문학에 뜻을 둔 아우에게」 발표. 1월부터 이듬해 3월까지 『월간조선』에 「무기의 그늘」 1부 연재.

1984년 대하소설 『장길산』(현암사) 전10권으로 완간. '민중문화운동협의회' 창설, 공동대표 역임.

1985년 광주항쟁 기록 『죽음을 넘어 시대의 어둠을 넘어』(풀빛) 지하출판됨. 산문집 『객지에서 고향으로』(형성사) 발간. 서독 베를린에서 열린 '제3세계 문화제'에 아시아 대표로 참가함. 유럽, 미국, 일본에서 '통일굿' 공연. 미국에서 문화패 '비나리' 창립. 일본에서 문화패 '한우리'와 '우리문화연구소' 창립.

1986년 10월부터 이듬해 8월까지 중앙일보에 「백두산」 연재. 6월항쟁의 시국 변화로 중단.

1987년 단편 「골짜기」 발표. 소설선 『골짜기』(인동) 『아우를 위하여』(심지) 발간. 9월부터 이듬해 3월까지 『월간조선』에

「무기의 그늘」 2부 연재.

1988년 단편 「열애」, 산문 「항쟁 이후의 문학」(『창작과비평』) 발표. 장편소설 『무기의 그늘』(형성사) 발간. 9월부터 이듬해 2월까지 『신동아』에 「평야平野」 연재. '한국민족예술인총연합' 창립.

1989년 소설선 『열애』(나남) 발간. 3월 북한의 '조선문학예술총동맹' 초청으로 방북. 이후 귀국하지 못하고 독일예술원 초청 작가로 1991년 11월까지 베를린 체류. 북한 방문기 「사람이 살고 있었네」를 『신동아』와 『창작과비평』에 분재. 『무기의 그늘』로 만해문학상 수상. 베를린 장벽 무너짐.

1990년 2월부터 7월까지 한겨레신문에 「흐르지 않는 강」 연재. 8월에 평양에서 열린 제1차 범민족대회에 참가하면서 연재 중단. 남·북·해외동포가 망라된 '조국통일범민족연합' 창립에 주도적으로 참여, 대변인 역임. 소련과 동구 사회주의권의 붕괴를 목격함.

1991년 베를린 '남·북·해외 3자 회담'에 참가. 회의에 의해 '공동사무국' 창설을 위하여 뉴욕으로 이주할 것이 결정됨. 11월 미국 롱아일랜드 대학 문화예술 프로그램에 초청받아 미국 체류. 이후 귀국할 때까지 뉴욕 체류.

1992년 뉴욕에서 아시아인 1.5세, 2세들과 함께 '동아시아문화연구소' 창립. 부정기간행물 『어머니 대나무Mother Bamboo』 발간.

1993년 4월 귀국하여 방북 사건으로 징역 7년 형을 선고받음. 『사람이 살고 있었네』(황석영석방공동대책위) 발간.

1998년 3월 석방.

1999년 1월부터 이듬해 2월까지 동아일보에 장편소설 『오래된 정원』 연재.

2000년 5월 『오래된 정원』(창작과비평사) 출간. 『오래된 정원』으로 단재상, 이산문학상 수상.

2001년 6월 장편소설 『손님』(창작과비평사) 출간. 『손님』으로 대산문학상 수상.

2002년 10월부터 이듬해 10월까지 한국일보에 『심청, 연꽃의 길』 연재.

2003년 6월 『삼국지』(창비) 전10권 번역 출간. 12월 장편소설 『심청』(문학동네) 출간.

2004년 2월부터 2006년 2월까지 '한국민족예술인총연합' 이사장 역임. 4월부터 2007년 11월까지 런던 대학과 파리7대학 초청으로 런던과 파리 거주. 『심청』으로 올해의예술상 수상. 만해대상 수상.

2007년 1월부터 6월까지 한겨레신문에 『바리데기』 연재. 7월 장편소설 『바리데기』(창비) 출간.

2008년 2월부터 7월까지 인터넷 포털사이트 네이버에 『개밥바라기별』 연재. 8월 장편소설 『개밥바라기별』(문학동네) 출간.

2009년 9월부터 이듬해 4월까지 인터넷서점 인터파크에 『강남몽』 연재.

2010년 6월 장편소설 『강남몽』(창비) 출간.

2011년 5월 장편소설 『낯익은 세상』(문학동네) 출간. 11월부터 2014년 11월까지 문학동네 네이버 카페에 '황석영의 한국 명단편 101' 연재.

2012년 4월부터 10월까지 한국일보에 『여울물 소리』 연재, 11월 장편소설 『여울물 소리』(자음과모음) 출간.

2015년 1월 『황석영의 한국 명단편 101』(문학동네) 전10권 출간. 11월 장편소설 『해질 무렵』(문학동네) 출간.

2016년 단편 「만각 스님」 발표.

2017년 6월 자전 『수인』(문학동네) 전2권 출간.

2019년 4월부터 2020년 3월까지 인터넷서점 예스24에 「마터 2-10」 연재. 현재까지 아시아, 유럽, 미주, 남미 등 세계 28개국에서 87종의 저서가 번역 출판됨.

황석영

1943년 만주 장춘에서 태어났다. 고교 재학중 단편소설 「입석 부근」으로 『사상계』 신인문학상을 수상했고, 1970년 조선일보 신춘문예에 단편소설 「탑」이 당선되면서 본격적인 작품활동을 시작했다. 『무기의 그늘』로 만해문학상을, 『오래된 정원』으로 단재상과 이산문학상을, 『손님』으로 대산문학상을 수상했다.

주요 작품으로 『객지』 『가객』 『삼포 가는 길』 『한씨연대기』 『무기의 그늘』 『장길산』 『오래된 정원』 『손님』 『모랫말 아이들』 『심청, 연꽃의 길』 『바리데기』 『개밥바라기별』 『강남몽』 『낯익은 세상』 『여울물 소리』 『해질 무렵』 등이 있다. 또한 지난 100년간 발표된 한국 소설문학 작품들 가운데 빼어난 단편 101편을 직접 가려 뽑고 해설을 붙인 『황석영의 한국 명단편 101』(전10권)과 자신의 파란만장한 삶의 행로를 되돌아본 자전 『수인』(전2권)을 펴냈다.

프랑스, 미국, 독일, 이탈리아, 스페인, 일본, 스웨덴 등 세계 각지에서 『오래된 정원』 『객지』 『손님』 『무기의 그늘』 『한씨연대기』 『심청, 연꽃의 길』 『바리데기』 『낯익은 세상』 『해질 무렵』 등이 번역 출간되었다. 『손님』 『심청, 연꽃의 길』 『오래된 정원』이 프랑스 페미나상 후보에 올랐으며, 『오래된 정원』이 프랑스와 스웨덴에서 '올해의 책'에 선정되었다.

객지

초판 인쇄 2020년 4월 29일
초판 발행 2020년 5월 15일

지은이 황석영
펴낸이 염현숙
책임편집 이상술 | 편집 김봉곤 정은진 김내리
디자인 윤종윤 유현아 | 마케팅 정민호 박보람 우상욱 안남영
홍보 김희숙 김상만 지문희 우상희 김현지
제작 강신은 김동욱 임현식 | 제작처 상지사

펴낸곳 (주)문학동네
출판등록 1993년 10월 22일 제406-2003-000045호
주소 10881 경기도 파주시 회동길 210
전자우편 editor@munhak.com | 대표전화 031) 955-8888 | 팩스 031) 955-8855
문의전화 031) 955-3576(마케팅) 031) 955-8864(편집)
문학동네카페 http://cafe.naver.com/mhdn | 트위터 @munhakdongne
북클럽문학동네 http://bookclubmunhak.com

ISBN 978-89-546-7157-6 03810

* 이 도서의 국립중앙도서관 출판예정도서목록(CIP)은 서지정보유통지원시스템 홈페이지(http://seoji.nl.go.kr)와 국가자료종합목록 구축시스템(http://kolis-net.nl.go.kr)에서 이용하실 수 있습니다.(CIP 제어번호: CIP2020015513)

잘못된 책은 구입하신 서점에서 교환해드립니다.
기타 교환 문의: 031) 955-2661, 3580

www.munhak.com